내가 원하는 삶을 살았더라면

The Top Five Regrets of the Dying

죽을 때 가장 후회하는 5가지

내가 원하는 삶을

The Top Five Regrets of the Dying

살았더라면

브로니 웨어 지음 · 유윤한 옮김

피플트리
People Tree

프롤로그

나는 나 자신에 대해 얼마나 알고 있을까?
나는 나 자신에 대해 얼마나 너그러울 수 있을까?

　부모님을 위해, 자식을 위해, 배우자를 위해, 그리고 사랑하는 그 누군가를 위해 나 자신을 버리지는 않았는지…… 그들이 원하는 내가 되기 위해, 내 안에서 울고 있는 어린 아이를 모질게 다그치지는 않았는지…… 더 큰 집에 살며, 더 나은 직업을 갖고, 더 많은 권력을 누리는 모습을 보여주려고, 내 참모습을 끝내 부정하지는 않았는지…… 그래서 결국 이 책에 나오는 많은 사람들처럼 죽음을 앞두고서야 이렇게 후회하는 것은 아닌지…….

　내가 원하는 삶을 살았더라면…….
　정말, 내가 원하는 삶을 살았더라면…….
　아, 정말…… 정말…… 그랬더라면…….

설령 나 자신이 원하는 삶을 살기로 결심해도, 내가 진정 원하는 것을 알기란 또 얼마나 어려운 일인가? 설령 나 자신이 원하는 것이 무언지 알게 되어도, 그것을 위해 많은 것을 포기하려면, 또 얼마나 큰 용기가 필요한가? 설령 그런 용기가 있다 해도, 용기를 흔들어 떠나게 만드는 바람은 또 얼마나 자주 불어오는가?

여기 자신이 진정 원하는 사랑을 버리고 떠난 한 남자에 대한 이야기가 있다. 그는 마음이 간절히 원하는 것을 무시하고, 머리로 그려온 성공을 좇아 인생 여정을 걸어간 사람이다. 대부분 우리가 그러하듯이.

그는 젊고 잘 생기고 똑똑하며, 장래가 촉망되는 유능한 신부였다. 어느 부유한 미망인이 이 신부를 남몰래 사모했다. 가족이 없었던 그녀는 신부 앞으로 어마어마한 유산을 남기고 죽었다. 자신의 남동생에게 농장을 맡기고, 그의 가족을 돌봐달라는 유언도 함께였다.

미망인의 남동생은 가난한 노동자였다. 그에겐 몇 명의 아들과 매기라는 어여쁜 막내딸이 있었다. 막내딸은 귀족인 엄마에게 물려받은 기품과 매력이 넘쳤지만, 노동력이 필요한 농장에선 쓸모없는 존재였다. 게다가 신분차이 때문에 늘 불행한 엄마는 딸에게도 차갑게 대했다. 젊은 신부는 이 꼬마 아가씨가 천덕꾸러기로 지내는 게 마음에 걸렸다. 그래서 손등에 키스해주고 안아주며, 따뜻하게 보살펴주었다.

어느새 신부는 매기의 매력에 흠뻑 빠졌다. "너는 하나님도 채워주지 못한 내 마음을 채워주는구나"라고 고백할 정도로. 꼬마 역시 아무도 자기에게 관심을 가지지 않을 때 따뜻하게 보살펴주는 신부가 너무 좋았다. 어느새 매기는 멋진 숙녀로 자랐다. 신부를 좋아하는 마음도 점점 커졌고, 그런 마음은 뜨거운 사랑으로 발전했다.

어느 날 매기는 손가락을 장미 가시에 찔리고 말았다. 상처에서 새빨간 핏방울이 솟아올랐다. 신부는 그녀를 지켜야 한다는 생각에 본능적으로 상처에 입술을 대고 빨기 시작했다. 그때 그는 자신이 얼마나 매기를 사랑하는지 알 수 있었다. 그 마음 그대로 신부복을 벗고 매기에게 청혼한다면, 아름다운 부부가 될 수 있었을 것이다. 하지만 그는 그동안 자기가 쌓아온 신부로서의 경력도, 성직자의 자격으로 미망인에게 물려받은 막대한 유산도 포기할 수 없었다. 로마 교황청에선 그가 기부할 엄청난 재산을 기다리고 있었다. 누구나 다 신부가 로마로 가서 주교가 되고 추기경이 될 거라고 예상했다. 결국 그는 매기가 사랑의 정표로 준 장미꽃을 책갈피에 영원히 간직한 채 떠나고 말았다.

신부는 자신이 진정 원하는 길이 성직에 남는 것이라고 생각했다. 아니, 그렇게 믿고 싶어서 매기의 엄마에게 빨리 딸을 결혼시키라고 마음에도 없는 말을 했다. 아무리 사람의 영혼을 보살피는 성직자라도, 자기 마음이 진정 원하는 것을 알기란 쉽지 않다. 그리고 그것을 안다 해도 인정하고 받아들이기가 어려운 경우도 많다. 내 마음이 원하는 순수한 소망에 굴복하기 싫기 때문이다. 그것을 지킬 용기가 없기 때문일 수도 있고, 그것보다는 세속적인 욕망을 좇아가고 싶기 때문일 수도 있다.

세속적인 욕망이란 대부분 다른 사람이 나를 어떻게 바라보는지, 또 얼마나 남들보다 우위에 설 수 있는지와 관련된 것이다. 남들보다 많은 것을 누리며 남들의 부러움을 사는 동안, 내 속에서 진정한 사랑을 갈구하며 상처 입은 자아는 점점 더 병들어간다. 다른 사람의 인정을 받고 그들보다 나아 보이려는 욕망은 아주 어렸을 때부터 우리 삶을 미래로 이끌어가기도 하지만, 때로는 올가미가 되어 삶을 원치 않는 방향으로 질질 끌고 가기도 한다. 이 책에는 그렇게 끌려 다닌 사람들이 자주 나온다. 대부분 다른 사람이 내게 원하는 삶에 끌려 다니거나 헛된 욕망에 매여 지냈던 것을 죽음을 앞두고 후회한다. 어떤 사람들은 끌려 다니기는 싫었지만, 그렇다고 맞설 용기가 없어 자기만의 세계로 꽁꽁 숨어버리고 말았다. 그들은 다른 사람과 소통하기를 포기하고 요양원에 숨어 몇십 년 일찍 늙어버리거나, 미쳐서 발작을 일으켰다. 자기만의 삶을 찾아가는 것은 이렇게나 어려운 일이다. 때로는 자살하거나 미쳐버릴 정도로.

신부가 떠나자, 자포자기한 매기는 다른 남자와 결혼했다. 사랑이 없는 결혼생활은 행복하지 못했다. 남편은 집에 들어오는 날보다 밖에서 지내는 날이 더 많았다. 매기는 아이가 생기면 나아질까 싶어 딸을 낳았다. 하지만 출산 후 극도로 약해진 몸이 점점 쇠약해져 일상생활을 할 수 없을 정도가 되었다. 매기는 오빠와 주위 사람들의 도움으로 아이를 맡겨둔 채, 섬으로 요양을 떠났다.

로마에 있던 신부는 매기가 불행하다는 소식을 듣고 수소문 끝에 섬까지 찾아왔다. 외면하려 했지만, 버리려 했지만, 부정하려 했지만, 매기는 그에게는 잊을 수 없는 사랑이었다. 익명이 보장되는 외딴 섬은 그들에겐 훌륭한 사랑의 도피처였다. 오랜 그리움 끝에 만난 두 사람은 격렬한 사랑을 나누었다. 신부에게 그것은 파계이자 불륜이었다. 그는 이제 신에게도 인간에게도 죄를 짓고 말았다. 잠깐의 외도였지만, 매기는 신부의 아이를 가졌다. 하지만 신부는 그 사실도 모른 채 로마로 돌아갔다. 한편, 매기는 불행하기만 했던 결혼생활을 끝내기로 했다. 홀로 신부의 아이를 낳아 기르기 위해서였다.

시간이 흘렀다. 신부도 늙고, 매기도 늙었다. 이제 신부는 그토록 원하던 추기경이 되었다. 부와 명예와 권력 중 어느 것 하나 부족한 게 없었다. 그런 그에게 슬픈 소식이 날아들었다. 아끼던 청년 사제가 갑작스러운 사고로 익사했다는 것이었다. 그 청년은 바로 사랑했던 여인 매기의 아들이었다. 그래서 더욱 마음을 주었는데, 모든 죽음이 그렇듯 예기치 않게 찾아와 허망함만을 남기고 갔다. 게다가 아들을 잃고 찾아온 매기가 청천벽력 같은 이야기를 들려주었다. 아버지 없이 외롭게 자란 그 청년이 사실은 신부의 아들이라는 것이었다. 매기는 그 애가 부모가 지은 파계와 불륜에 대한 벌로 젊은 나이에 죽었다면서 통곡했다. 슬피 우는 그녀 앞에서 신부도 큰 충격을 받고 죄책감에 몸부림쳤다. 늙은 신부는 아들의 장례 미사를 직접 치른 후 앓아누워, 결국 다시는 회복되지 못했다. 죽음을 코앞에 둔 신부는 다시 사랑하는 여인 매기의 품에 안겼다. 평생 자기만을 바라보며 홀로 아들까지 낳아 기른 여인이었다.

아득히 오래 전에 가족들 틈에 서 있던 어린 매기를 처음 보았을 때가 생각났다. 어찌나 사랑스럽고 예뻤는지, 주변까지 환하게 빛이 났었다. 몇십 년이 지났어도 그때의 기억은 조금도 바래지지 않았다. 비록 꼬마였지만 운명의 여인이었기에 그토록 가슴이 벅차올랐으리라. 신부는 크게 후회했다. 성직자로 성공하는 데 눈이 멀어, 자신이 진정 사랑했던 여인과 아들을 평생 불행하게 만들었다. 결국 자신마저도 불행한 죄책감만 안고 죽게 되었다. 위선과 거짓으로 얻어낸 추기경 자리는 육신의 소멸과 함께 빛을 잃을 것이다. 하지만 그가 매기와 아들에게 준 슬픈 상처는 그들의 영혼과 함께 어딘가에서 영원히 눈물 흘리고 있을 것이다. 왜 좀더 빨리 그들에게 사랑한다고, 또 미안하다고 말하지 못했는지 후회하며, 신부는 매기의 품 안에서 영원히 눈을 감았다.

이상은 1983년에 에미상을 휩쓴 미니시리즈 〈가시나무새〉

의 줄거리였다. 이 미니시리즈에서 신부 역을 맡았던 챔벌레인은 참 잘생긴 배우다. 선이 굵고 뚜렷한 얼굴에서 두 눈이 우수에 젖은 채 빛나며, 보는 이를 무한정 끌어들인다. 그는 나중에 《부서진 사랑》이란 자서전을 통해 내면의 매력까지 유감없이 보여주었다.

챔벌레인은 이 책에서 자신이 연기했던 신부처럼, 주변에서 기대하는 자아 이미지를 좇으며 삶을 포장하는 게 싫다고 했다. 그는 아주 젊었을 때부터 인기 배우로서 주변의 인정과 환호에 익숙한 삶을 살았다. 그런데 문득 상사가 부하에게 복종을 기대하고 스승이 제자에게 존경을 기대하듯이, 자신도 주변의 열광을 기대하고 있다는 것을 깨달았다.

챔벌레인은 주연을 맡은 작품들이 연달아 히트 치면서 외국에서도 인기를 얻기 시작했다. 그가 캐서린 햅번, 율 브리너 같은 대배우들과 모나코에 촬영 갔을 때였다. 레이너 국왕과 그레이스 왕비가 그들을 몬테카를로의 카지노에서 열린 파티에 초대했다. 그가 파티장 입구에 도착하자, 사진을 찍고 인터뷰를 하려 몰려든 기자들과 파파라치들이 연신 카메라 플래시를 터뜨리고 있었다. 늘 있는 일이라 어깨를 으쓱거리며 들어서려는데 모든 카메라와 마이크가 그를 스쳐 지나갔다. 기자와 파파라치들은 마치 그를 투명인간처럼 대하며, 그레이스 왕비나 다른 프랑스 유명 인사들에게 열광하고 있었다. 당시는 아직 인터넷이 없던 때였다. 챔벌레인의 작품은 바다 건너 유럽 땅까지 오지 못하고, 영어권 나라들에서만 어느 정도 알려지고 있었다. 프랑스 기자들과 파파라치들은 그가 누구인지 알 리가 없었다.

그런데 이 일로 챔벌레인은 큰 충격을 받았다. 모나코에 오기 전 영국에서만 해도 그에게 열광하는 플래시 세례를 즐겼는데, 한 순간에 존재감이 사라져버렸다. 그동안 철저하게 자기 자신이라 믿고 있었던 스타로서의 자아 이미지는 순식간에 무너졌다. 위엄 있고 멋진 존재로서 한 칸 한 칸 올라갔던 사다리의 꼭대기에서 바닥으로 내동댕이쳐진 기분이었다.

이 현명하고 멋진 배우는 곧 스스로에게 이렇게 물었다.

'내동댕이쳐진 것은 무엇이고, 누가 그렇게 던져버렸지? 배우도 그저 한 부류의 인간일 뿐이야. 드라마나 영화를 통해 배우가 보여주는 이야기와 이미지들을 벗겨내면, 그냥 보통 사람이야. 내가 스스로를 인정받고 환호 받아야 할 특별한 사람으로 여기는 것은, 주위에서 내게 거는 기대에 맞춰 살기 때문이야. 팬이나 기자들이 추켜세우는 그 모습을 나 자신이라고 생각해선 안 돼. 프랑스 기자들에게 높이 평가받지 못해도, 여전히 나는 미국 배우 챔벌레인이야. 달라진 것은 아무것도 없어. 기자들이 나를 상처 입힌 것이 아니라, 스스로 중요한 존재라고 믿었던 내가 나에게 상처를 주었어.'

〈가시나무 새〉의 추기경 신부는 사랑하는 여인을 지키는 평범한 성도로 살지 못한 것을 죽을 때 가서야 후회했다. 하지만 신부 연기를 한 영화배우 챔벌레인은 이미 젊었을 때부터 주변 기대에 맞춰 그들에게 보여주려고 쌓은 이미지는 한순간에 사라질 수 있다는 것을 깨달았다. 그래서 늘 자신이 진정으로 원하는 길, 또 좋아하는 길로 가려고 노력했다. 그는 터무니없이 쏟아질 많은 비난을 예상하면서도, 용기 있게 사랑하는 연인이 동성이라는 사실을 밝혔다. 드라마를 통해 만들어진 멋진 이미지로 자신을 속이지도 않았고, 다른 사람을 속이지도 않았다. 용기 있게 자신의 마음이 진정으로 원하는 사람과 동행하는 삶을 택했다. 설령 그것이 주위의 기대에 미치지 못하여 비난을 받는 일이라 해도 용기 있게 맞섰다.

대중 앞에 포장된 이미지를 보여주는 배우들만 진정한 자신의 모습대로 살지 못하는 것은 아니다. 우리가 마음속으로 그리는 자아 이미지는 자신이 원하는 것, 주변에서 자기에게 바라는 것, 그리고 자기가 결코 되고 싶지 않은 것들까지 뒤섞여 있다. 늘 깨어 있는 정신으로 내가 진정으로 원하는 것이 무엇인지를 스스로에게 물어보고, 내면에 울리는 작은 대답에 귀 기울여야 한다. 그렇지 않으면 죽을 때가 되어서야 환경에 끌려 다니며 살아온 인생을 후회하게 된다. 자기 인생에서 주인이 되지 못하는 것처럼 슬픈 일이 또 있을까.

죽음을 앞둔 사람들이 들려주는 후회는 아직 살아볼 시간이 남은 사람들에게는 소중한 선물이다. 그리고 그런 후회가 내 삶 속으로 들어왔을 때, 어린 시절 부모님이나 선생님이 야단치듯이 나 자신을 몰아세우지 말아야 한다. "바보." "넌, 안 돼." "네가 뭘 하겠니?" 이런 말 대신에 "후회하는 게 원래 인생이야"라고 다독거리며, 후회를 받아들이는 것 역시 스스로에게 줄 수 있는 가장 큰 선물이다. 노랫말에도 있지 않은가.

'바람, 어디에서 부는지…… 덧문을 아무리 닫아 보아도 흐려진 눈앞이 시리도록…… 살아가는 게 나를 죄인으로 만드네…….'

－루시드 폴, '바람 어디에서 부는지' 중에서

　살다보면 불어오는 바람을 피하지 못하듯이, 후회도 죄짓는 것도 피할 수 없는 게 인생일지 모른다. 이 책을 통해 후회할 것들을 피하며 사는 길을 깨닫는 것도 좋은 일이다. 하지만 저자 브로니 웨어처럼 후회하는 자신을 용납하고, 어쩔 수 없는 진실 앞에선 겸손히 굴복하며 성장하는 길을 배운다면, 더더욱 좋을 것이다.

　후회는 스스로에 대한 용서를 통해 진정 빛난다고 믿는

옮긴이로부터

1

다른 사람이 아닌,

내가 원하는

삶을 살았더라면

찾아나설
용기가 없었다

서로를 안 지 얼마 되지 않아 그레이스는 내가 가장 좋아하는 말기 환자 중 한 명이 되었다. 그녀는 큰마음을 가진 자그마한 여자였다. 이런 성향은 그녀의 자식들에게로 흘러갔다. 모두 결혼해서 부모가 된 자식들은 어머니만큼이나 좋은 사람들이었다.

그레이스는 주로 내가 돌보던 환자들이 살던 곳과 정반대 지역에 살았다. 그곳은 불쑥 나타나는 멋있는 저택 같은 것은 전혀 볼 수 없는 교외의 흔한 주택가였다. 그 거리에 대한 첫인상은 텔레비전 드라마에서 자주 본 것 같다는 느낌이었다. 아마 집 안에 사는 가족들의 에너지가 흘러넘쳐 골목마다 배어 있기 때문일 것이다. 그레이스와 그 가족들이 좋았던 가장 큰 이유는, 견실하고 세상 물정에 밝으면서도 진정으로 나를 따뜻하게 맞아주는 마음 때문이었다.

그레이스와 함께하기 시작한 처음 며칠 동안은 다른 환자를 돌볼 때와 비슷했다. 지난 삶에 대한 이야기를 나누며, 서로를 알아가는 시간이었다. 화장실에서는 그레이스가 겪는 고충에 대한 이야기도 들었다. 다른 말기 환자들처럼 그녀도 배변 후 다른 사람이 엉덩이를 닦아주어야 했다. 그것은 나처럼 젊고 건강한 사람은 상상조차 하기 싫은 일이었고, 한 인간으로서 지키고 싶은 존엄을 무너뜨리는 일이었다.

나는 환자의 대소변을 처리하는 일에 익숙해져 가고 있었다. 그래서 그레이스나 다른 환자들의 마음을 조금이라도 편하게 해주려고 일부러 그런 일을 아무렇지도 않은 척 가뿐하게 해냈다.

몸이 아프다는 것은 에고를 확실히 깨뜨리는 과정이다. 누구나 말기 환자가 되면 위엄은 과거 속으로 영원히 사라진다. 다른 사람의 도움을 받아야만 배변을 할 수 있고, 어쩔 수 없이 엉덩이를 닦아주는 다른 사람의 손길을 받아들여야 한다. 사실 대부분의 환자들은 곧 너무 아픈 나머지 이런 상황을 의식하지도 못하게 된다.

50년이 넘는 결혼생활 동안, 그레이스는 세상이 그녀에게 기대하는 삶을 살았다. 그녀는 사랑스러운 자녀들을 양육했고, 지금은 십대에 이른 손자들이 있었다. 그녀의 불행이라면, 평생 남편이 집안의 독재자처럼 굴었다는 사실이었다. 불과 몇 달 전에 그가 죽음을 앞두고 요양원에 들어갔다. 모든 식구들, 특히 그레이스는 비로소 안도와 평화를 맛보게 되었다.

그레이스가 결혼생활 내내 꿈꾼 것은 남편에게서 벗어나 독립적으로 살아보는 것이었다. 독재자의 횡포에 억눌린 삶이 아니라, 그녀 자신이 원하는 대로 편안하고 자연스러운 삶을 살고 싶었다. 그레이스는 80대가 되었지만 나이에 비해 여전히 건강했다. 남편이 요양원에 들어갈 때도 그녀는 여전히 자유롭게 여기저기를 다닐 수 있었다.

오랜 기다림 끝에 찾은 자유로운 삶을 좀 즐기려는데, 질병이 그레이스의 발목을 잡았다. 그녀는 병이 이미 말기에 이르렀다는 진단을 받았다. 더욱 가슴 아픈 것은 그녀가 이런 병에 걸린 가장 큰 원인이 남편이라는 사실이었다. 남편은 평생 집안에서 줄담배를 피웠는데, 이런 습관은 본인의 몸만 망가뜨린 것이 아니었다. 그레이스의 병세는 무섭게도 빠르게 진행되었다. 진단을 받고 한 달도 안 되어 침대에 누워 지내야만 하는 신세가 되었다. 그래도 다른 사람의 부축을 받고 보행 보조기를 쓰면 화장실까지는 절뚝거리며 갈 수 있었다.

그레이스는 살면서 꿈꾸어왔던 것들을 도저히 이룰 수 없는 신세가 되었다. 이런 처지를 생각하면 고통스러울 정도로 비통했다.

"왜 내가 원하는 대로 살지 못했을까? 왜 남편이 날 지배하게 내버려두었을까? 왜 난 그런 상황을 거부할 만큼 강하지 못했을까?"

그레이스는 생각나면 한 번씩 이런 질문을 스스로에게 던졌다.

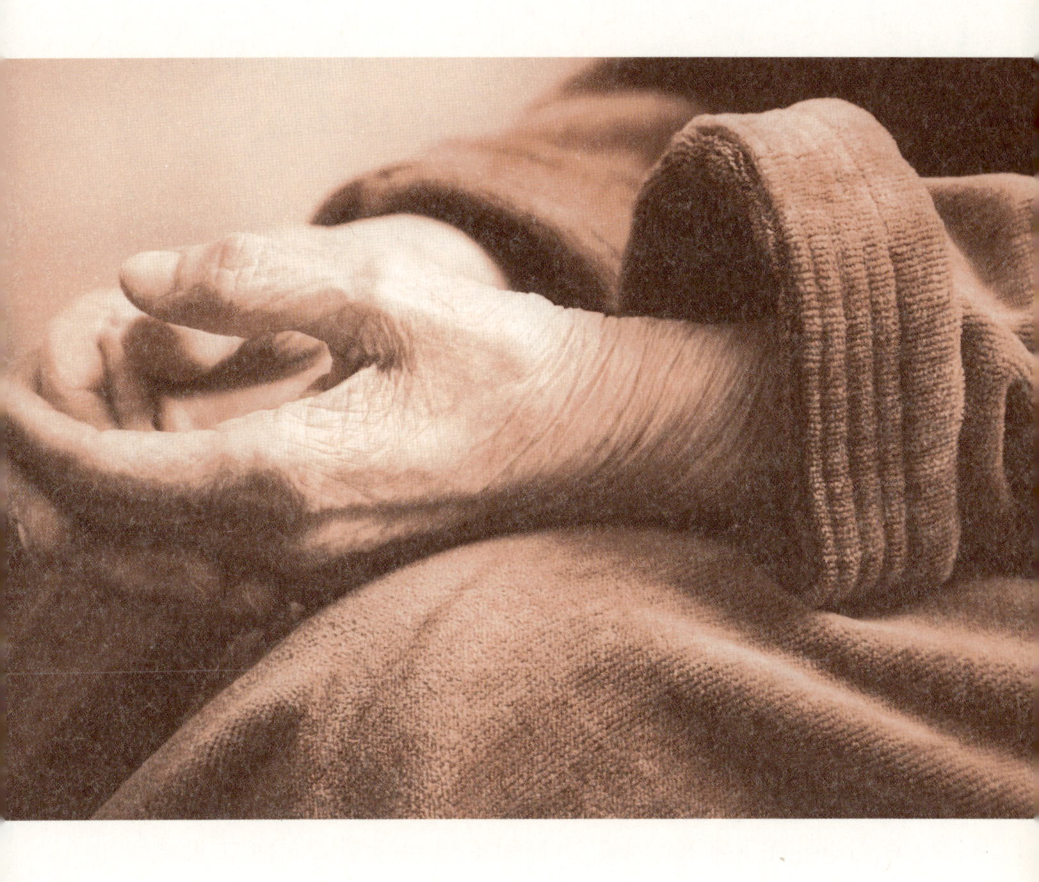

그녀는 용기가 없었던 자기 자신에게 분노하고 있었다. 그레이스의 자녀들도 고단한 엄마의 삶을 이해했고, 진심으로 그녀를 측은하게 생각했다. 나도 마찬가지였다.

"브로니, 누군가 당신이 원하는 것을 방해하게 둔 적 없지? 제발 그러지 않겠다고 죽어가는 이 노인에게 약속해."

그레이스가 말했다. 나는 그러겠다고 약속한 뒤에, 다행히도 우리 엄마가 늘 독립적으로 살라고 가르쳐주었던 일화를 몇 가지 들려주었다.

"지금 날 봐. 이제 살 만한데 죽어가! 내가 이런 자유와 독립의 시간을 얼마나 기다려왔는데…… 당신이 보기에도 너무 늦었지?"

나는 그 상황을 비극이 아니라고 부정할 수가 없었다. 이후에도 그녀의 삶만 생각하면 자유롭게 독립적으로 사는 게 얼마나 중요한지를 새삼 되새기게 된다.

그레이스의 침실에는 추억이 서려 있는 감상적인 장식품들과 가족 사진이 곳곳에 흩어져 있었다. 처음 몇 주 동안 우리는 그 방에서 몇 시간이고 이야기를 나누었다. 그녀의 몸은 너무 빠르게 쇠약해져 갔다.

그레이스는 결혼에 반대하는 것은 전혀 아니라고 했다. 만일 부부가 서로 배울 수 있다면 결혼은 성장할 수 있는 좋은 기회이자 아름다운 결합이라고 했다. 그녀가 반대하는 것은 그녀 세대가 믿었던 결혼에 대한 신조였다. 무슨 일이 있어도 결혼생활을 지켜야 한다는 꽉 막힌 믿음은 그녀의 삶을 어둠 속에 가둬버렸다. 그녀는 자신의 행복은 다 포기하고 결혼생활을 지켰다. 오로지 남들 보기에 번듯한 가정을 꾸려야 한다는 생각뿐이었다. 그래서 자신의 희생을 너무나 당연히 여기는 남편에게 인생을 다 바쳤다.

이제 곧 죽을 처지가 되자, 그레이스는 더 이상 남의 시선 따위는 신경 쓰고 싶지 않았다. 그리고 왜 이제야 이런 생각을 하게 되었는지 너무 비통할 뿐이었다. 그레이스는 다른 사람들이 그녀에게 기대하는 대로 살면서 체면을 중시했다. 그런데 이제 와서야 그렇게 살기로 선택한 것은 늘 자기 자신이었고, 그 모두가 두려움에서 비롯되었다는 것을 깨달았다. 나는 그녀가 무엇보다 자기 자신을 용서할 수 있도록 도와주었다. 하지만 모든 게 너무 늦었다며 그레이스는 계속 비통해했다.

내가 돌보는 환자들은 대부분 죽음을 앞둔 말기 환자였다. 난 그들이 세상을 떠날 때까지 정기적으로 방문하며 일대일로 돌봐주었다. 몇 년 동안 일하다보니 정기적으로 돌보는 환자들 사이에 짧게 몇 번만 만난 환자도 있었다. 그들도 정기적으로 자신을 돌봐줄 간병인을 배정 받기 전에 일시적으로 내 보살핌을 받는 경우였다. 나는 이런 식으로 꽤 많은 말기 환자들을 만났다. 그레이스가 내게 쏟아놓은 말들은 비통, 절망, 좌절로 가득찼다. 모두 내가 그동안 만났던 다른 환자들에게서도 한 번쯤 들은 이야기였다. 내가 그들의 침대 옆에 앉아 그런 이야기를 반복해서 들으며 얻은 교훈을 한 마디로 정리하면 이것이다.

'자기 자신에게 솔직한 인생을 살지 않았던 것에 대한 후회.'

이것은 많은 말기 환자들이 품고 있던 후회들 중에서 가장 흔한 것이었다. 게다가 모두 죽음을 코앞에 두고서야 후회를 하기 때문에 그만큼 좌절도 컸다.

그레이스와 침대에서 많은 대화를 나누던 어느 날이었다. 그녀가 말했다.

"난 아주 대단한 삶을 살고 싶어했던 것 같지는 않아. 난 좋은 사람이었고, 누구에게도 해를 끼치고 싶지 않았어."

그레이스는 내가 만난 가장 사랑스러운 사람이었고, 정말 그 누구도 해칠 것 같지 않은 사람이었다. 천성상 그녀는 그런 사람이 못 되었다.

"하지만 그 누구도 아닌 나를 위해 하고 싶었던 것들을 하지 못했어. 그걸 할 용기가 없었던 거야."

그레이스가 자신의 소망을 존중할 만큼 충분히 용감했더라면, 모

두에게 훨씬 좋았을 것이다. 하지만 안타깝게도 그 사실을 이제야 이해했다. 그녀는 자신에 대한 혐오감에 젖은 채 말을 이어갔다.

"내가 좀더 용기를 냈더라면, 모두에게 훨씬 좋았을 거야. 남편만 빼고. 이런 비극이 몇십 년 동안 온 식구들을 사로잡지도 않았을 거고, 나도 더 행복해졌을 거야. 내가 왜 그 사람의 횡포를 그냥 참았을까? 왜 그랬을까, 브로니?"

그녀의 가슴 찢어지는 흐느낌이 터져나왔다. 내가 이 사랑스러운 여인을 꼭 껴안아줄 때까지 울음소리는 계속 이어졌다.

울음이 가라앉자 그레이스는 결연한 눈빛으로 나를 바라보았다.

"정말 내게 약속해줘. 브로니. 당신은 자신이 원하는 길로 용기 있게 걸어갈 거라고. 다른 사람이 뭐라 하든 상관하지 않고."

레이스 커튼이 부드럽게 흔들리면서 따스한 한낮의 햇살이 침실 안으로 들어왔다. 그레이스와 난 사랑과 확신과 결의에 찬 눈빛으로 서로를 바라보았다.

"약속할게요, 그레이스. 전 벌써 그렇게 살려고 노력하는 중이에요."

나는 진심을 담아 말했다. 그녀는 내 손을 잡고 자신의 교훈이 최소한 헛되이 버려지는 일은 없겠다는 생각에 미소 지었다. 나는 그레이스에게 십 년 넘게 은행에서 일했다고 얘기했다. 행정과 고객

관리 업무에서 진정 내가 원하던 길을 찾지 못했다는 이야기를 듣자, 그레이스는 흥미를 보이며 나를 더 많이 이해하기 시작했다. 나중에 외국에서 돌아온 후, 은행에 다시 취직해 몇 년 정도 더 일하긴 했다. 하지만 난 그 시기가 아기들이 젖을 떼고 밥을 먹기 전에 거치는 이유기였다고 본다. 그 후 난 확실하게 은행 업무를 떠나서 자신이 원하는 길을 걸어갈 수 있게 되었기 때문이다.

은행에서 현장 실습을 했던 첫 몇 년은 아주 재미있었다. 현장에는 많은 실습생들이 있었고, 무엇보다 일하는 분위기가 사교적이었다. 실습생들은 거의 열일곱 살이나 열여덟 살이었다. 서로 친구처럼 사귀면서 주말에 쓸 용돈 정도를 벌었다. 처음엔 일도 쉬웠다. 물론 내가 정말 그 일을 좋아했다면, 나중에도 일이 버겁게 느껴지거나 하진 않았을 것이다. 하지만 나는 그 일이 좋아지지 않았다. 처음 몇 해가 지나면서 불안을 느꼈고, 인생에 대한 의문을 품게 되었다. 하지만 난 그 모든 것을 무시하고 십 년이 넘게 남들이 내게 기대하는 삶을 계속 유지했다. 그렇게 사는 동안 줄곧 나를 기다리는 다른 무엇인가가 있다는 것을 알았지만, 그것을 찾아나설 용기가 없었다.

내가 그렇게 하지 못했던 가장 큰 이유는 두려움 때문이었다. 만일 다른 식구들이 내게 기대하는 삶의 틀에서 벗어나면, 혹시 비웃음을 사지 않을까 두려웠다. 겉으로 보기엔 그렇지 않았지만, 나는 나 자신이 아닌 다른 사람의 인생을 살고 있었다. 언제 무너질지 모르는 삶이었다. 하지만 계속 정기적으로 은행을 바꾸고, 유니폼을 바꾸고, 근무지를 바꾸면서 그 일을 해나갔다. 그 결과 또래보다 더 많은 은행에서 더 많은 일을 해본 사람이 되어 직장에서는 인정받고 있었다.

하지만 직장은 내 영혼을 위해 아무것도 해주지 않았다. 내가 그것에 모든 것을 바치며 살고 있는데도 말이다. 은행에도 그 일을 사랑하는 사람들은 많다. 그리고 난 그들이 있어 좋다. 그런 사람들이 없으면 우리가 어떻게 편리한 은행 시스템을 이용할 수 있겠는가? 요즈음에는 지역사회에 기여할 수 있는 분야나 다른 고귀한 업종에서 일할 수 있는 기회가 많다. 하지만 그 당시 나는 다른 데로 눈을 돌릴 줄 몰랐다. 그레이스처럼, 나도 자신이 원하는 삶이 아닌 그저 다른 사람들이 내게 기대하는 삶을 살고 있었다.

나를 두고 농담하는 것은 우리 가족들이 오랫동안 즐겨온 장난이었다. 나는 승마를 즐기는 가족들 틈에서 홀로 수영을 즐겼고, 양을 길러 생계를 유지하는 가족들 틈에서 홀로 채식주의자였으며, 정착민인 가족들 틈에서 홀로 유랑자였다. 이렇게 나 혼자만 튀는 게 한두 가지가 아니었다. 우리는 보통 농담을 할 때, 농담의 대상이 되는 사람이 상처받는다는 것을 알지 못할 때가 많다. 하지만 그런 상처도 몇십 년 정도 시간이 흐르면, 엷어지고 마침내 잊혀진다. 물론 그렇지 않은 경우도 많다. 때때로 어떤 농담은 의도적이고 아주 잔인하다. 그런 농담을 들으면, 아무리 강인한 사람이라도 오랫동안 힘들게 지내야 한다. 특히 가족 중 누군가 당신을 비웃고, 호통치며, 싹수가 노란 놈이라고 비난하거나 데려온 자식이라고 말했던 순간을 기억조차 하고 싶지 않다면, 그 후유증은 평생 갈 수도 있다.

그런 이유 때문이었을까. 가족 안에서 이방인이었던 나는 특별히 식구들이 서로 영향을 주고받는 관계를 즐겨본 적이 없었다. 내가 직업을 택할 당시만 해도, 그들이 기대하는 삶을 사는 것이 그들에게 비웃음 사지 않는 가장 쉽고 자연스러운 길로 보였다. 하지만 결국 나는 그들에게서 멀어지며 마음을 닫고 있었다. 그것이 그들로부터 상처 입지 않기 위한 나만의 대응방식이었다.

어디서나 예술가들은 오해받는 존재다. 그리고 난 예술가였다. 다만 그 시절 내가 그런 존재라는 걸 깨닫지 못했을 뿐이었다. 단지 내가 아는 것은 월급을 맡기러 온 고객에게 적절한 금융 상품을 파는 게 내 전문 분야라는 사실일 뿐이었다. 나는 월말에 집계하는 지점의 판매 실적에는 크게 신경 쓰지 않았다. 단, 고객에게 친절하고 따뜻한 서비스를 제공하는 것이 유일한 관심사였다. 그리고 그 일을 잘해냈다. 하지만 하루가 다르게 변화하는 금융계에선 그것으로 충분하지 않았다. 판매, 판매, 판매가 전부였다.

내가 섬에서 살기 위해 '좋은 직장'을 버리고 떠났을 때는, 혼란이 덮친 시기였다. 어디로 가야할지를 정하고서 은행을 그만둔 것은 아니었다. '난 왜 이러는 걸까? 이제 내 삶은 어디로 흘러가려는 걸까?' 어느 날 이런 생각을 하는데, 짜릿한 흥분과 함께 결심이 섰다. '그래, 섬에 가서 한번 살아보자!' 돌아보니 내가 있던 곳에서 더 멀리 떠날수록 더 행복했던 것 같다. 섬에선 다른 사람의 눈치를 보지 않고, 온전히 내가 원하는 삶을 살았다. 멋진 시간들이었다. 그곳에 머무는 동안 본토에 있는 사람 중에서는 엄마하고만 연락을 하고 지냈다. 엄마는 언제든 내가 기댈 수 있는 바위였고, 소중한 친구였다.

처음으로 명상을 잠시 해본 것도 섬에 있을 때였다. '난 왜 이러는 걸까? 이번엔 어디로 가려는 걸까?' 이런 생각을 하며 흥분했고, 결국 '섬에서 살기로 마음 먹었다!' 더 멀리 떠날수록 더 행복했다. 그곳에선 온전히 내가 원하는 삶을 살았고, 멋진 시간들을 보냈다. 그동안 본토에 있는 사람 중에서는 엄마하고만 연락을 하고 지냈다. 엄마는 언제든 내가 기댈 수 있는 바위였고, 소중한 친구였다.

내가 처음으로 명상을 잠시 해본 것도 섬에 있을 때였다. 나중에 나는 명상을 통해 나 자신만의 선량함과 만나는 길을 찾게 되었다. 그것은 다른 어떤 것도 내게 주지 못했던 기회였다. 명상을 하면서 진정한 연민이 무엇인지 알게 되었고, 연민의 마음은 점점 내 안에서 커져갔다. 연민은 아름답고 강력한 힘을 지니고 있다.

그동안 다른 사람들이 사실은 그들 자신의 고통을 내게 던진 것이었다. 행복한 사람은 결코 다른 사람을 불행한 방법으로 다루지 않는다. 다른 사람들이 그들만의 자아에 충실한 삶을 산다고 해서 함부로 비난하지도 않는다. 그들이 어떤 삶을 살든 존중할 줄 알기 때문이다. 나는 이전 세대의 불행이 우리 세대에 전해준 고통을 떨쳐내기 위한 선택을 하게 되었다. 나는 결코 다른 사람을 통제하려 들지 않을 것이다. 그러고 싶은 마음이 조금도 없었다. 사람은 스스로 원할 때, 그리고 스스로 준비가 되어 있을 때만 변할 수 있다.

인생을 연민의 눈으로 바라보고, 내가 갈망하고 서로 이해하고 사랑하는 관계가 언제나 가능한 것이 아니라는 사실을 받아들이면, 고통으로부터 해방될 수 있다. 그런 깨달음은 내 삶을 여러 면에서 바꾸어놓았다. 나 스스로 치유하는 고통스러운 과정을 거치면서 누구든 자신의 과거와 직면할 만큼 용기있는 게 아니라는 사실도 받아들였다. 어떤 사람들은 과거가 주는 고통을 도저히 참을 수 없는

지경이 되어서야 그것과 직면한다.

이런 깨달음이 있은 후에도, 과거부터 계속되어온 괴로운 인간관계는 몇 년이고 지속되었다. 하지만 그 속에서 내가 느끼는 고통은 차츰 줄어들었다. 물론 그런 관계에 맞설 힘도 필요했고, 시간도 필요했다. 하지만 무엇보다 중요한 것은 그들의 비난이나 판단은 나에 대한 것이 아니라는 깨달음이었다. 그런 식으로 내게 고통을 주었던 본인들에 대한 비난이자 판단이었다.

이에 얽힌 부처의 이야기가 있다. 한 남자가 화가 나서 부처에게 소리쳤다. 하지만 그는 평소와 마찬가지로 고요하고 침착했다. 사람들이 부처에게 어떻게 그런 평정을 유지할 수 있느냐고 물었다. 부처는 대답 대신 이런 질문을 던졌다.

"누군가 당신에게 선물을 주었습니다. 하지만 당신은 그것을 받지 않았습니다. 그렇다면, 선물은 과연 누구의 것입니까?"

물론 선물은 주려고 했던 사람의 것이다. 이것은 누군가 내게 쏟아부으려 했던 말에 대해서도 마찬가지다. 나는 더 이상 그런 말들이 내 마음으로 들어와 휘젓고 다니지 않게 차단해버렸다. 대신 그 말을 퍼부었던 사람에게 연민을 느꼈다.

하지만 살면서 내가 터득한 가장 중요한 진리는 '연민의 효과는 나 자신에게 먼저 나타난다'는 것이다. 다른 사람에 대한 동정심을 키우다 보면, 어느새 내 마음의 상처가 치유되기 시작한다. 그리고 오래된 행동 패턴이 나를 지배하려 할 때 어느 정도 벗어나게 해준다. 다른 사람에 대한 연민은 그의 고통을 인정할 수 있게 해주고, 그가 내게 던진 고통 때문에 괴로워하지 않도록 도와준다. 그가 내게 가한 부당한 비난이나 판단은, 사실 그 자신의 고통이 겉으로 드러나는 과정일 뿐이었다. 물론 이것은 가족 관계뿐만 아니라, 모든 인간 관계에 적용할 수 있는 사실이다. 사적이든, 공적이든, 사무적이든 모든 관계에 해당된다. 우리는 모두 괴로운 일을 겪고, 누구나 빠짐없이 고통을 경험하니까.

자기 자신에 대한 동정심을 키우는 법을 배워나가기란 그보다 더 어렵고 힘들다. 몇 년, 혹은 몇십 년이 걸릴 수도 있는 일이다. 우리는 누구나 자신에 대해선 엄격하다. 부당한 일이지만, 그렇다. 자기 자신을 사랑에 넘치는 관대한 시선으로 바라보며 인정해주려면 어려운 변화의 과정을 거쳐야 한다. 그것은 고통스러운 경험이다. 차라리 나에 대한 부당한 비난을 늘 그렇듯이 그냥 인정하는 게 더 쉽다. 나 자신에게 관대해지고 나 자신에게 공감하며 연민을 느낀다고 해서, 당장 행복해지는 것도 아니다. 하지만 확실히 자아의 성장을 위해 거쳐야 할 과정이다. 나에게 관대해지면, 적어도 마음의 상처가 치유되기 시작한다.

　자아 사랑, 자아 존중, 자아 연민을 키우다 보니 가족 안에서 날 지배하며 상처 입히던 힘은 점점 약해졌다. 나를 비웃는 말을 무조건 피하기보다 당당하게 맞받아칠 힘이 생겼다. 그들에게 내 생각을 좀더 확실히 알릴 수 있게 되었다. 사실 내가 쏟아놓는 불만은 전적으로 나 자신만의 것이다. 내가 연설하며 가르치고 싶어하는 상대에 대한 것이 아니다. 우리는 누구나 자기에게 일어나는 일을 자기만의 방식으로 해석한다. 그러므로 상대의 대한 내 불만도 나 자신이 느끼는 고통을 풀어놓으며 표현한 것이다. 어쩌면 그것은 그 상황에서 고통을 느끼는 자기 자신에 대한 불만일지도 모른다. 몇십 년 동안 되풀이해온 틀을 깨는 것은 어려운 일이다. 하지만 고통이 참을 수 없을 정도로 심해지면, 결국 그 틀을 깨고 나오게 된다. 더 이상 잃을 것이 없기 때문이다. 그래서 나도 부당한 비웃음이나 비난 앞에서 침묵하는 고통을 깨고 다른 세계로 나와버리기로 했다.

　결국 우리는 서로 사랑받고 인정받고 받아들여지기를 진정 원하고 있다. 그렇지 못할 때는 끊임없는 고통을 느끼게 된다. 그러므로 서로 참아주고 공감해주는 것만이 우리가 가야 할 유일한 길이다. 어떤 일이 있어도 사랑은 다양한 모습으로 변장을 하고서 우리 사이에 여전히 존재한다. 그리고 그 변장은 아주 들키기 쉽다.

어린 시절 나는 강에서 헤엄치는 걸 즐겼다. 그런데 매번 강물을 따라 나아가다 보면, 내 길을 방해하는 큰 바위를 만났다. 바위는 늘 그 자리에 있었다. 그런데 어느 날에서야 문득 그 바위는 앞으로도 계속 그 자리에 있을 거라는 생각이 들었다. 그러자 매일 그 길로 헤엄쳐가며 바위를 돌아갈 필요가 있을까 의문이 생겼다. 약간만 옆으로 비켜나 헤엄쳐가도 큰 바위를 돌아갈 필요 없이 좀더 자유롭게 헤엄쳐갈 텐데 말이다. 그랬다. 매번 내 앞길을 방해하는 장애물 앞에서 헤엄치는 걸 멈추고 몸을 일으킬 필요가 없었던 것이다. 매번 장애물 앞에서 고통스러웠다면, 다른 길로 가면 됐다.

다르게 보고 다르게 행동할 때였다. 거침없이 '이젠 그만!'이라 말하고, 다른 선택을 해야 할 때였다. 매번 같은 고통이 반복되는 것을 더 이상 참을 필요가 없었던 것이다. 설령 새로운 길이 좀더 외롭게 보일지라도, 적어도 마음에 평화를 가져올 것이다. 고통이 반복되는 길에는 평화가 없다.

'그만'이라는 선언을 하고나면, 우선 내 안에서 변화가 일어난다. 자존감이 더 높아지고, 자기 표현은 더 분명해진다. 더욱 건강해진 자아의 씨앗이 뿌려졌기 때문이다. 아직은 그것들을 어떻게 키워야 할지 모르지만, 어쨌든 심은 것만은 확실하다. 그다음부터는 자신이 원하는 모습으로 살아가면 된다. 한 걸음씩 한 걸음씩.

그레이스와 나는 이런 생각들을 나누며, 저절로 친해졌다. 그녀는 식구들이 모두 교훈을 얻었다는 사실에 동의했다. 또 어려움이 없는 가족이란 있을 수 없고, 그것을 이겨내면 교훈이란 소중한 선물을 받을 수 있다고 굳게 믿었다.

우리는 사랑이란 상대에게 아무런 기대를 하지 않고, 그 사람을 있는 그대로 받아들여주는 것이라는 데 동의했다. 물론 이것이 말처럼 쉬운 일은 아닐지도 모른다. 하지만 이보다 더 애정어린 접근법은 없다.

그레이스는 내게 많은 이야기를 들려주었다. 자녀들의 어린 시절 이야기나 이웃이 이사가고 이사오는 이야기를 했다. 그러다가 종종 죽음을 앞두고 후회되는 것에 대한 이야기도 했다. 그녀는 자신의 마음이 이끄는 대로 살지 못하고, 다른 사람들이 기대하는 대로 살았던 것을 늘 가장 많이 후회했다. 살아갈 날이 얼마 남지 않은 그녀는 이제 스스로에게 완전히 정직해진다 해도 잃을 것이 전혀 없었다. 우리는 서로가 더없이 중요하게 생각하는 것들에 대해 아주 솔직하게 이야기를 나누었다. 우리 사이에 헛되이 시간만 낭비하는 수다는 한 마디도 없었다. 나는 그레이스와 이야기를 나누면서 치유 받았고, 그레이스 역시 내게 가슴 속 이야기를 털어놓으며 치유 받았다.

대화는 결국 내 삶이 어디쯤 와 있는지, 또 내가 어떻게 작사와 작곡을 하며 노래를 만들게 되었는지로 이어졌다. 그런 이야기를 하며 차를 한 잔 다 마셨을 때쯤, 그레이스는 다음에 올 땐 기타를 가져와 노래를 불러달라고 했다. 내겐 더없이 즐거운 부탁이었다. 다음날부터 나는 행복한 마음으로 그레이스에게 노래를 불러주었다. 그녀는 내 노래를 따라 흥얼거리며 미소 지었다. 내가 만든 노래들이 모두 지상에서 최고의 음악이라도 되는 것처럼 들어주었다. 어떨 땐 가족들도 와서 함께 들었다. 모두 내 노래에 지원을 아끼지 않는 아름다운 사람들이었다. 늘 여행을 하고 싶어 했던 그레이스는 내 노래 중에서 '호주 하늘 아래서'를 특히 더 좋아했다.

그레이스는 내가 계속 노래를 불러주기를 원했다. 꼭 기타를 치면서 부를 필요는 없다고 했다. 나는 이 조그맣고 명랑한 숙녀분을 위해 매일 그녀의 침실에서 노래를 불렀다. 그녀는 눈을 감고 조용히 누워 내 노래를 빨아들였다. 목마른 사슴이 물을 찾듯이 계속 불러달라고 했고, 나는 부르고 또 불러도 전혀 지겹지 않았다.

그레이스는 하루가 다르게 쇠약해져 갔다. 그렇지 않아도 작은 몸이 더욱더 작아졌다. 친한 친구들이 마지막 인사를 하러 왔다. 친척들도 찾아와 그녀의 침대 곁에 앉아 눈물을 참으며 이야기를 나누다 돌아갔다. 그녀의 가족들은 서로 아주 가까웠고, 어려운 일이

있으면 한데 힘을 모았다. 그레이스에게도 꾸준히 정기적으로 찾아왔다. 난 그게 좋았다. 모두 점잖은 사람들이었고, 난 그들에게 끌렸다. 그들이 모두 돌아가고 나면 다시 그레이스와 나만 남았다. 그녀는 노래를 더 불러줄 수 없느냐고 물었다. 나는 다시 노래를 불렀다. 아주 특별한 시간이었다.

그녀는 이제 잘 걸을 수조차 없었다. 하지만 침대 옆에 있는 환자용 간이 변기를 사용하지 않으려고 했다. 그녀가 어떻게든 화장실까지 가려했기 때문에 난 변기를 씻을 필요가 없었다. 아무리 그냥 간이 변기를 쓰라고, 변기 씻는 것쯤이야 아무렇지도 않다고 말려도 그레이스는 고집을 꺾지 않았다. 내 부축을 받아 그녀가 화장실에 가기까지는 오래 걸렸다. 다행인 점은 화장실이 바로 침실 옆에 있었다.

그레이스가 볼일을 보고 나면 뒤처리를 한 뒤에 그녀가 일어서도록 도와주었다. 그리고 재빨리 속옷을 끌어올려 입혔다. 속옷을 입는 동안 그레이스가 넘어지지 않게 균형을 잡으려면 행동이 아주 재빨라야 했다. 그러고 나서 우리는 침대로 돌아가는 힘든 길에 올랐다. 그레이스가 보행 보조기를 잡고 앞서가면 내가 그레이스의 엉덩이를 받치면서 뒤를 따랐다. 가끔 팬티 뒷부분 허리 고무줄에 잠옷이 먹힌 것도 모르고, 급하게 속옷을 올렸다는 것을 알게 될 때도 있었다. 그럴 땐 나도 모르게 미소 지으며, 비틀거리는 그레이스를 부축하고 있었다. 이심전심일까. 그녀도 기분이 좋아졌는지, 내가 지은 노래인 '호주 하늘 아래서'를 부르기 시작했다. 내 가슴은 기쁨으로 벅차올랐다. 가끔 가사가 틀리기도 했지만, 오히려 그녀가 더 사랑스러웠다.

나는 그때 알았다. 내 음악 인생의 정점을 방금 경험했다는 것을. 어떤 것도 내가 그 순간 경험했던 기쁨을 대신할 수 없을 것이다. 내가 다시 곡을 쓰지 않았다면 그 경험이 나를 계속 나를 자극하지는 않았을지도 모른다. 하지만 그 후 다른 곡들을 쓸 때마다 그때가 떠올랐고, 매번 그게 다시 맛보기 어려운 최고의 희열이었음을 깨달아야 했다.

생애 마지막 날들을 보내는 그레이스에게 내 노래는 큰 기쁨이었다. 마찬가지로, 내 노래를 흥얼거리는 그녀의 목소리는 내게 그 어떤 것보다도 큰 음악적인 즐거움을 안겨주었다.

며칠 후 나는 그레이스 집에 출근하자마자 그녀가 이제 곧 영원히 떠나리라는 것을 직감했다. 그녀는 확실히 죽음의 문턱에 다가가 있었다. 가족들에게 전화를 해야 된다고 그녀에게 차분히 설명했다. 하지만 그녀는 고개를 흔들어 보였다. 약해질대로 약해져 숨조차 쉬기 힘든 상태에서 그녀가 몸을 일으키더니 나를 안으려 했다. 나는 조금이라도 그녀를 편하게 해주려고, 침대로 올라가 그녀 옆에 누워서 가만히 안아주었다. 그레이스는 만족해하며 손가락으로 내 팔을 톡톡 두드렸다. 우리는 그렇게 누워서 한동안 조용히 이야기를 나누었다. 왜 가족들이 오는 걸 원치 않느냐고 물었더니, 그녀는 더 이상 그들을 고통스럽게 하고 싶지 않다고 했다. 그녀는 가족들을 너무 사랑하는 엄마였다.

하지만 나는 그들에게 마지막 인사를 할 기회를 주어야 할 거라고, 그렇지 않으면 평생 엄마의 임종을 지키지 못했다는 죄책감과 고통을 느끼며 살지도 모른다고 말했다. 그녀는 내 말을 이해했고, 그렇게 하고 싶지는 않다고 했다. 나는 곧 가족들에게 전화를 했고, 그들은 달려왔다. 그들이 막 도착하기 전에, 그레이스가 완전히 탈진한 상태에서 말했다.

"브로니, 나랑 한 약속 기억하지?"

"네."

나는 눈물을 흘리며 고개를 끄덕였다.

"당신 마음에 솔직해야 돼. 다른 사람이 어떻게 생각할지 걱정하지 말고, 당신 마음이 진정 원하는 대로 살겠다고, 약속해. 브로니."

그녀의 목소리는 이제 거의 알아들을 수 없는 속삭임이 되어 있었다.

"약속할게요. 그레이스."

나는 다정하게 말했다.

그레이스는 내 손을 꼭 쥐고서 잠에 빠져들었다. 잠깐 깨어 침대 옆에 있는 사랑스러운 가족들을 알아볼 때 빼고는 마지막 순간까지 계속 잤다. 몇 시간 동안 깨지 않는, 결국 영원히 깨지 않을 긴 낮잠이었다. 그녀는 조용히 그렇게 떠났다.

그레이스가 떠난 뒤 부엌에 가만히 앉아 있으려니, 그녀에게 했던 약속이 여전히 귓가에서 맴돌았다. 하지만 내가 약속을 했던 사람은 단지 그레이스만이 아니었다. 그것은 나 자신에게 한 약속이기도 했다.

몇 달 후 나는 자작곡들을 모아 앨범을 내면서 무대에 섰다. 그리고 그곳에서 그레이스에게 바치는 노래를 불렀다. 관객들 속에는 그녀의 가족들이 와 있었다. 무대의 스포트라이트 때문에 보이지는 않았지만, 굳이 그들을 볼 필요는 없었다. 그들과 나 사이에는 사랑이 흐르고 있었기 때문이다. 자신이 원하는 삶을 살지 못했지만, 대신에 내게 그렇게 살도록 영감을 주었던 작은 여인을 함께 추억하는 사이였다. 그들과 나는.

필요한 건,
깨어 있는 정신

　어느 토요일 오후 우리가 처음 만났을 때, 앤소니는 겨우 30대 후반이었다. 흑갈색 곱슬머리를 가진 그는 아프긴 해도, 장난기 흐르는 보통 청년처럼 보였다. 그때까지 나보다 어린 사람을 돌본 적이 거의 없었다. 그를 돌보는 일은 내게 큰 변화였다. 하지만 우리는 처음부터 함께 유머를 즐겼고, 쉽게 우정을 쌓아갔다.

　앤소니에겐 남동생 한 명과, 여동생 네 명이 있었다. 비즈니스 세계에서는 꽤 유명한 집안 출신인 그는 인생을 마음껏 즐기며 살아왔다. 젊은 나이인데도 원하는 것은 무엇이든 가질 수 있다는 점을 자신에게 유리한 방향으로 잘 이용했다. 하지만 그에겐 집안의 재정적인 성공을 이어가야 하는 막중한 임무가 있었다. 이런 압박은 그에게 불리하게 작용했다. 그는 풍부한 지성과 기회를 지녔음에도 자아존중감이 부족한 사람이 되었다. 그는 이것을 유머와 장난기로 잘 감추었다. 하지만 집안에서 바라는 존재가 될 수 없을 것 같은 불안감을 떨쳐내기는 쉽지 않았다. 장남인 그에게 이것은 큰 부담이 되었다. 앤소니는 자동차로 거리를 질주하고, 경찰에게 쫓기고, 가장 비싼 매춘부들을 고용하고, 자기 차를 앞질러 가는 사람들을 쫓아가 괴롭히면서 젊은 날을 보냈다. 교외의 부유한 마을에 사는 청년들이 자기 영역에서 텃세를 부릴 때 흔히 하는 행동이었다. 그가 과거에 저지른 일 중 몇몇 눈살을 찌푸릴 만한 것이었다. 그는 자기존중감이 거의 없는 남자였기 때문에, 꽤 위험한 수준까지 부주의하게 무모한 일을 저지르며 인생을 살았다. 결국 한 사건을 치르면서 그는 영원히 건강을 잃었다. 사지와 장기가 손상되어 건강할 때의 자유를 잃고, 병원에 입원한 신세가 되었다. 의사들은 그에게 자유를 되돌려 주기 위해 최선을 다했지만, 희망적이지 않아 보였다. 앤소니는 어느 정도 체념한 상태였다. 아마 영구적인 손상을 입었을지도 모른다고 생각하는 것 같았다. 그래서 어떤 쪽인지 알기 위해 다음 수술을 최대한 빨리 해달라고 의사에게 부탁했다. 결국 그는 몇 번의 수술을 받았다. 수술 후 일주일 동안은 진통제를 맞으며 잠을 잤다. 나는 그의 침대 옆에 앉아 병상을 지켰다. 환자가 점점 회복되기를 기다리며 지켜보는 게 내 일이었다.

　어느 날 저녁, 앤소니는 내게 무슨 책을 읽고 있느냐고 물었다. 그때 나는 중동에 관한 책을 읽고 있었다. 한때 중동에서 몇 년을 지냈던 나는 그곳에서 더 많은 시간을 보내고 싶어 중동 지역의 삶

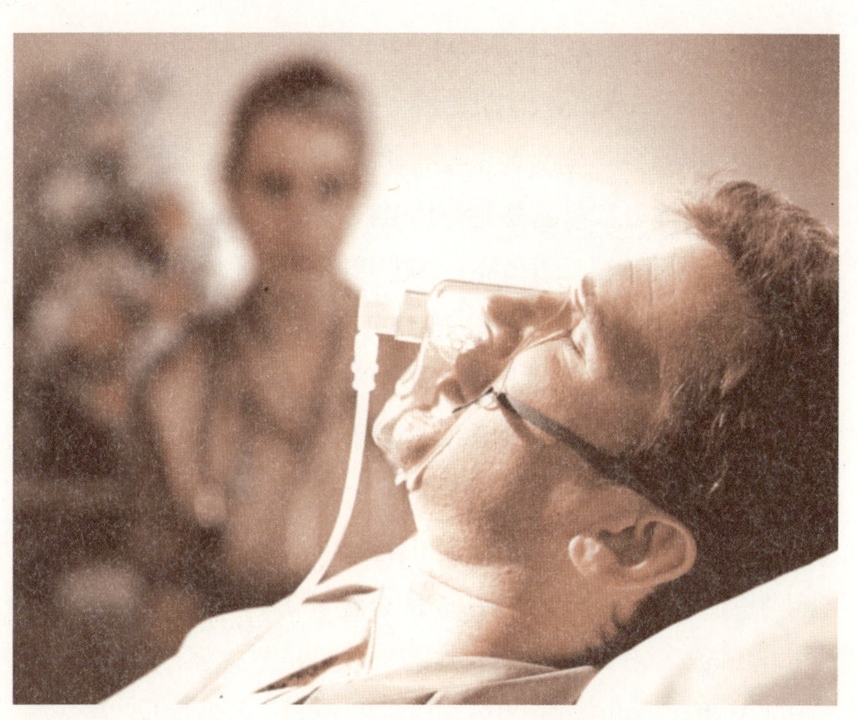

과 역사에 대한 책을 찾아 읽곤 했다. 특히 지적이고 편향되지 않은 관점을 가지고 쓴 책들이 좋았다. 중동 지역의 일부 국가에서 여성의 자유를 비인간적으로 억압하고, 이슬람 극단주의자들이 종교의 이름으로 저지르는 만행을 부정하지는 않는다(어떤 종교든 극단주의자들은 모든 종교에서 가르치는 보편적인 친절함에 대한 감각을 잃어버린다). 하지만 이 문화에는 불행하게도 매스컴에서 절대로 다루지 않는 단면들이 있었다. 나는 그것을 보았다.

중동 사람들은 마음이 따뜻했고, 놀라울 정도로 가족적이었다. 내가 이제껏 여행하면서 만난 가장 친절한 집주인들 중 일부도 중동 사람들이었다. 그들은 따뜻하게 마음을 열고, 망설임 없이 나를 환영해주었다. 호주에서 알게 된 중동 출신 사람들도 거의 마찬가지였다.

서구 사람들은 이미 가족 간의 유대를 잃어버린 지 오래이다. 특히 늙어가는 부모나 조부모와 소원하게 지내는 경우가 많아지고 있다. 장기간 돌볼 새로운 환자를 만나기 전에 잠깐씩 요양원에서 일한 적이 몇 번 있다. 그때마다 많은 외로운 노인들을 보면서 그런 현상을 실감했다.

다양한 문화들과 그 속에서 펼쳐지는 다양한 삶들은 나를 매혹한다. 또한 다양한 문화 속에서 이국적인 요리를 맛보는 기쁨도 마찬가지다. 하지만 서구 사람들이나 중동 사람들이나, 아니면 그외 다른 문화권에 사는 사람들도 모두가 아주 많은 면에서는 닮았다. 따라서 그런 사람들끼리 인종차별을 한다는 것은 말도 안 된다고 생각한다. 우리는 누구나 행복해지길 원하고, 고통 앞에서는 괴로워하는 인간이란 점에서 동일하다.

앤소니는 내가 깨닫고 있는 사실들에 대해 더 많이 듣고 싶어 했다. 그래서 허브 차를 만들어 마시면서 차 향기가 부드럽게 방 안을 떠도는 동안, 최근까지 책에서 얻은 정보를 들려주었다. 그리고 그 후부터는 앤소니도 들을 수 있게 소리내어 책을 읽었다. 우리는 매일 한두 시간을 이런 식으로 책을 읽었다. 몇 주가 지나자 앤소니에게 그가 전에는 접하지 못했던 분야의 책들을 꽤 읽어주게 되었다. 그에게 원하는 주제를 고르라고 했지만, 늘 내가 읽는 책은 무엇이든 괜찮다고 했다. 그는 어느새 내가 책을 읽어주는 것을 아주 좋아하고 있었다.

나는 앤소니에게 영적 세계에 관한 고전들을 읽어주었다. 모두 격식에서 벗어나 인생, 철학, 사고에 대해 이야기하는 책들이었다. 책을 읽은 뒤엔 자연스럽게 토론이 이어졌다. 내가 그의 머리를 빗겨주고 상처 난 다리에 약을 발라주고, 움직이지 못하는 팔을 들어올리면서 자잘한 몸단장을 하거나 음식을 먹여줄 때도 책에 대한 이야기는 계속 되었다.

시간이 흘러도 사고로 다친 곳들 중 일부분은 여전히 움직일 수 없었다. 수술이 완전히 성공하지 못했다는 의미였다. 회복된 부분도 있기는 했지만, 어떤 부분은 평생 장애를 입은 채 살아야 했다. 게다가 평생 치료를 받아야 하는 증상도 있어서, 결국 다시는 집으로 돌아갈 수 없게 되었다. 대신 그 도시에서 가장 좋은 요양원으로 가기로 했다. 물론 이때 좋다는 의미는 적어도 가격이나 안내 책자의 선전으로 보았을 때 최고급이라는 의미이다.

당시 앤소니는 병실에서 유일한 젊은이였다. 칙칙한 벽과 죽어가는 늙은 사람들로 둘러싸여 있어, 청년인 그에겐 끔찍한 환경이었다. 벽이라도 좀 밝은 색깔로 칠하면 훨씬 나을 것 같았다. 그런 환경에도 불구하고, 병실에서 보내는 초기에 앤소니는 밝고 명랑했다. 이제 보살핌을 받아야 하는 신세가 되었기 때문에, 집안 식구들이 더 이상 그에게 압박을 가하지 않을 것이다. 앤소니는 그 사실만으로도 평온함을 느끼고 있었다. 그는 병실의 분위기를 쾌활하게 만들어주었기 때문에 늙은 환자들의 사랑을 받았다. 하지만 시간이 흐를수록, 그의 가벼움은 무겁게 가라앉기 시작했다. 외부로부터 오는 자극을 거의 받지 못하자 쓸 일이 없는 지성도 차츰 둔해져 갔다. 그는 점점 환경의 지배를 받기 시작했다.

사람이란 원래 환경에 따라 휘기 쉽고, 구부러지기 쉬운 존재이다. 스스로 생각하고, 자기 마음이 이끄는 대로 살 수 있는 존재이기도 하지만, 환경의 영향을 많이 받기도 한다. 특별히 의식적으로 깨어 있으려고 노력하지 않는 한.

환경에 영향을 받는 또 다른 예가 있다. 세상 물정에 밝고 이미 자리를 잡고 잘 살고 있는 사람들이 승진이나 더 큰 성공을 좇아 내달리는 것이다. 또, 새로운 소득 수준에 맞추어 새로운 친구를 사귀고 싶어 한다. 이런 소망은 내면에서 변화를 일으키고 새로운 환경을 찾아나서게 한다. 한때는 행복하게 살았던 환경이 더 이상 만족스럽지가 않게 된다. 그래서 어딘가 좀더 적절해 보이는 다른 환경으로 옮겨간다. 가끔은 이런 노력이 행복을 가져다 줄 것이다. 하지만 항상 그런 것은 아니다.

많은 시골 사람들이 도시로 온다. 그들은 도시 생활에 적응하고 도시의 유행과 바쁜 생활 형태에 영향을 받는다. 물론, 시골에도 그곳만의 생활 방식이나 유행이 없는 것은 아니다. 확실히 있다. 하지만 다시 강조하자면, 지금은 사는 장소에 영향을 받는 경우를 이야기하는 중이다. 이런 경우는 도시에서 자란 사람들에게도 해당된다. 그들도 시골에 가면 생활의 속도를 늦추어, 그곳에 적응한다. 도시 사람이라는 꼬리표를 떼고 청바지에 고무 장화를 신는다. 그리고 자신의 경작지를 열심히 일구면서, 그 속에서 행복을 찾는다.

20대 중반에 나는 즐거운 시간을 많이 보냈다. 하지만 20대의 출발은 쉽지 않았다. 19세에 약혼을 했고, 모기지 상환 의무를 다하려고 심각한 삶을 살았다. 파트너와 나의 관계는 건강하지 못했다. 하지만 겨우겨우 그 시간을 견뎌냈다. 돌아보면, 어떻게 그게 가능했는지 모르겠다. 파트너가 표출하는 다양한 상태의 분노, 지나친 정신적 학대, 심리적인 게임에 시달리면서 나는 자신감을 잃어갔다.

은행에서 새로운 일자리를 구할 때쯤엔 이런 상황이 도를 넘어섰다. 하지만 다행히도 회사에서 함께 근무하는 사람들과 환상적인 팀을 이루었고, 나는 다시 삶을 즐길 수 있게 되었다. 무엇보다 안정적인 직장이 생기자, 현 상황을 넘어서 미래를 꿈꿀 수 있게 되었다. 나는 현실에서 걸어나와 새로운 출발을 하기로 했다. 북쪽 해안 지역으로 이사를 가 그곳에서 직장을 구했다.

곧 춤과 경박하게 까불며 노는 세계로 빠져들었다. 마냥 행복하고 걱정할 것 없는 시절이었다. 내 주위에는 마약도 흔했다. 지금은 술이 내게 맞지 않는다는 것을 잘 안다. 그렇다고 술을 영원히 포기할 수준에까지 이른 것은 아니다. 어쨌든 그 시절에도 술은 그다지 많이 마시지 않았다. 하지만 다른 환락의 기회들이 널려 있었고, 나는 1년도 지나지 않아 거의 모든 것을 체험해볼 수 있었다. 물론 이름도 제대로 모르는 약물들과 얼음을 섞어 만든 합성 약물을 있다는 것까지는 모르던 시절이었다. 집에서 키운 대마로 만든 마리화나는 내 친구들 모임에서는 흔한 것이었다. 한 친구가 아편을 해볼 기회를 주었을 때 나는 거절하지 않았다.

나는 새로운 것을 시도해볼 수는 있지만, 대부분 한 번으로 만족해야겠다고 생각했다. 물론 헤로인에 대해선 이런 생각을 시험해보지 않았다. 아예 가까이 해본 적도 없다. 감사하게도 아편, 마술버섯, LSD, 그리고 코카인을 한 번씩 경험해보는 것으로 그쳤다. 이 모든 것들을 1년 안에 다 경험했고, 그 후 다시 해본 적은 없었다. 내가 생각하기에 유년기의 양육 환경과 약혼, 동거, 파탄에 이르는 과정에서 받은 억압을 풀고 싶은 욕구가 이런 것들을 찾게 했던 것 같다. 나의 무의식중 한 부분으로서 아직도 자라는 중인 자아존중감이 너무 부족했던 것도 문제였다.

약물을 남용하는 생활은 내게 맞지 않았다. 나는 그 사실을 즉시 알았다. 그래서 새로운 약물을 해보며 행복을 느낄 때면 나 자신에게 말했다. '정신없이 취하고 싶어서 이러는 게 아니야. 인생의 새로운 면을 경험해보려는 열망 때문에 이러는 거야.' 의식적으로, 내가 건강한 생활을 더 좋아한다는 것을 이해하는 데는 그리 오래 걸리지 않았다. 하지만 무의식의 문제는 쉽게 해결되지 않았다. 다른 사람들의 의견이 내 믿음 체계를 지배하도록 내버려두었던 지난 몇 십 년의 시간을 벗어나기란 쉽지 않았다. 나의 행복은 아직도 외부 환경에 많이 의존적이었다.

한동안 섬에서 지낸 뒤 영국으로 건너가 살았던 몇 년 동안, 늘 마을 술집에서 맥주를 마셨다. 주변엔 마약이 흔했다. 마약을 한 동네 청년들은 동공이 크게 확장된 상태로 술집에 들어와 밤새 뽀드득거리며 이를 갈아댔다. 해가 바뀌어도 그들의 일상은 늘 똑같았다. 누구든 마약을 하면, 같은 광경에 대해 완전히 다른 시각을 갖게 될 정도로 현실감이 떨어졌다. 그들은 단순히 지루함에서 탈출하려고 마약을 했지만, 마약에서 깨고 나면 뒤따르는 우울함과 탈진 상태로 괴로워했다. 나는 그들을 보면서 그게 정말 가치 있는 것인지 궁금하지 않을 수 없었다.

나도 파트너와 함께 마약을 해볼까 생각한 적이 몇 번 있었다. 하지만 곧 그것이 우리에게 맞지 않는다는 것을 깨달았다. 마약으로 인해 추락하는 과정은 끔찍했고 나 자신에게 그런 일이 벌어지게 하고 싶지 않았다. 하지만 그로부터 한 달쯤 후에 인생에 변화를 가져올 만한 사건을 경험하게 되었다. 더 나은 삶을 선택하려는 의지가 부족해 다시 환경에 지배를 받게 되면서 벌어진 일이었다.

당시 딘은 주말 내내 일하고 있었다. 그래서 나는 다른 마을 청년

들과 어울려 그날 밤 런던으로 향하는 기차에 탔다. 20대 후반인데도 나는 레이브 파티(창고 같은 곳에 모여 전자 음악을 틀고 춤추며 마약도 하는 파티)에 가본 적이 없다. 이유는 단순했다. 내가 좋아하는 종류의 음악을 틀지 않았기 때문이었다. 하지만 그날은 그 청년들이 집에 혼자 있기보다는 그곳에 가면 분명히 인생의 전성기를 맛볼 수 있을 거라며 설득했다. 다들 내 친구였기 때문에 나는 여행을 떠나기로 했다.

전에도 엑스터시를 한 번 해본 적이 있긴 했는데, 괜찮았다. 나는 몽롱하게 취해서 바보 같은 밤을 보냈고, 약 기운이 떨어진 후에도 잘 버텨냈다. 하지만 확실히 즐거운 경험은 아니었다. 그 후 며칠간 속이 안 좋았고 놀라울 정도로 온몸이 노곤했다. 난 그것으로 충분히 엑스터시를 경험했다고 생각했기 때문에, 그 후 어떤 제안이든지 거절했다. 또 그 일이 있은 후 자기 혐오감을 느끼며 지냈기 때문에, 더 이상 그런 감정을 다시 느끼고 싶지 않았다. 이미 이런 생각들은 내 안에 확실히 자리 잡고 있었다. 하지만 런던으로 가는 열차에 탄 8명의 친구 녀석들은 내게 계속 엑스터시 알약을 먹어보라고 설득했다.

런던 사람들은 매주 몇몇 알씩 먹는다던데, 내가 한 알 먹는다고 무슨 일 있겠어? 나는 그날 밤 내게 엑스터시를 권한 친구들을 비난하고 싶지 않다. 아주 조금도 말이다. 그들은 진짜 그것을 즐겼고, 내가 그 즐거움을 함께 맛보도록 설득했던 것뿐이다. 기차가 빅토리아역에 정차할 때 약을 삼킨 것은 결국 내 선택이었다. 그때는 한겨울이었고, 밖은 엄청나게 추웠다.

클럽에 들어선 순간부터, 음악이 싫었다. 어서 밤이 끝났으면 하는 생각이 들었다. 노래마다 다르지만, 나는 디지털보다는 어쿠스틱 음악이 더 좋았다. 스피커를 통해 귀청을 찢을 듯한 테크노 음악이 터져 나왔다. 나는 자꾸만 상황을 판단하려는 내 마음을 간신히 달랬다. 어떻게든 해가 뜨기까지 거기 있어야만 하는 상황을 받아들이기로 의식적으로 노력했다. 그리고 긴장을 풀고 스테이지 위로 올라가 친구들과 어울렸다. 그들은 금방 신이 나서 즐겼지만, 나는 단순히 참고 있었다.

조금 지나자 약기운이 온몸에 퍼져 최고조에 이르렀다. 땀이 쏟아졌다. 무대 위에서 사람들과 부딪힐 때마다 폐소 공포가 느껴졌다. 나는 비틀거리며 빈 공간을 찾으려 애썼다. 낮은 베이스 음이 마룻 바닥과 내몸을 통해 쿵쿵 울려댔다. 곁에서 춤을 추는 청년들의 웃는 얼굴이 흐릿해지며 어딘가로 사라졌다. 나는 거의 정신을 잃어갔고, 어디든 안전한 곳으로 피해야만 했다.

몽롱한 상태에서 필사적으로 여자 화장실로 가는 동안 소음, 웃고 있는 얼굴들, 그리고 빛이 머릿속에서 뒤엉키며 일그러졌다. 밤새 화장실 한 칸을 차지하고 쉬고 싶었다. 하지만 볼일을 보러온 여자들이 계속 누군가 있는지 확인하려고 문을 두드렸다. 나는 마지못해 내 사적인 공간을 포기해야 했다.

클럽 바깥은 너무 추웠고, 집으로 가는 첫차는 6시가 되어야 있었다. 여자 화장실의 소음과 드나드는 사람들의 웃음소리가 소용돌이치며 나를 몽롱하게 했다. 그때 나는 화장실 창문이 아주 크고 창턱도 꽤 넓다는 사실을 발견했다. 그곳을 피난처로 정했다. 세면대 위로 올라간 뒤, 가까스로 창턱 위에 몸을 올렸다. 떨어지지 않고 앉아 있기에 충분한 공간이었다. 나는 창턱 외진 곳의 한 구석으로 기어가 등과 머리를 유리창에 기대고 앉았다. 여자 화장실의 세면대가 내려다보였다. 바쁘고 혼란스러운 세계였다. 어쨌든 이제는 조금이라도 평화를 찾을 수 있을 것 같았다.

땀이 계속해서 쏟아졌다. 기대고 있었던 얼음 낀 유리창의 한기 덕분에 조금 진정이 되는 것도 같았다. 나만의 세계로 올라왔으니 어쩌면 이 사태를 더 잘 처리할 수 있을 것 같았다. 내 불쌍한 심장은 인간의 한계를 넘어 빨리 뛰고 있었다. 오늘밤을 내가 버틸 수 있게 해달라고 기도했다. 심장 박동은 쉽사리 늦춰지지 않았다. 하지만 의사의 도움을 요청하고 싶지는 않았다. 왜 그랬는지는 잘 모

르겠다. 아마도 불법적인 마약 사용 때문에 법에 걸릴까봐 그랬던 것 같다. 어쨌든 그 얼음 낀 차가운 유리창에 머리를 기대고 앉아있으면 괜찮아질 것 같았다. 당시로선 그것만이 내가 가장 원하는 일이었다.

"괜찮으세요?"

한 영국 여자가 내 청바지 끝을 잡아당기면서 물었다. 그곳이 그녀에겐 눈높이였다. 희미하게 그녀의 목소리가 들렸다. 하지만, 대답하기가 힘들었다. 그저 입을 벌린 채로 머리를 유리창에 기대고 천장을 바라본 채 앉아 있었다. 심장이 너무 빨리 뛰어서 어떻게 움직일 수가 없었다.

"괜찮으세요?" 그녀가 다시 물었다. 나는 있는 힘을 다해 간신히 그녀를 내려다보며 고개를 끄덕였다. "물 좀 드릴까요?" 그녀가 물었다. 나는 그녀가 사라지고 있는 방향으로 어깨를 으쓱했다. 나를 위해 물 한 병을 가지고 다시 왔다. "이걸 마셔요." 그녀가 권했다. 나는 그녀의 말대로 했고, 그녀가 화장실 수도꼭지를 틀어 병에 물을 다시 채우는 것을 보았다.

"고마워요."

내가 가까스로 옅은 미소를 띠며 말했다. 이야기를 나누는 것은 힘들었지만, 그만큼 내가 정신줄을 놓지 않게 도와주었다. 정신과 육체가 하고 있는 힘든 여행에서 길을 잃지 않으려면 집중해야만 했다. 나는 겨우겨우 그녀와 얼마간 이야기를 나눴다. 그녀는 천사였다.

그날 밤 내내 난 그 창턱에 앉아 있었다. 몸은 거의 움직일 수 없는 상태였지만. 내 심장은 가슴에서 터져나올 듯 쿵쾅거렸다. 다행히 뒤에 기대고 있는 유리창 밖의 찬 공기가 내 몸 안에서 끓어넘치는 열을 덜어가 균형을 잡아주고 있었다. 그 천사 같은 아가씨는 그 후로도 규칙적으로 화장실에 들어와 내 상태를 체크하고 물통을 가득 채워주었다. 그리고 짧게 내 상태가 어떤지 물었다. 나는 지금까지도 그녀가 누군지 모른다. 그녀가 없었더라면 무슨 일이 벌어졌을지는 생각도 하기 싫다.

클럽이 문을 닫기 30분 전에, 그녀가 나를 거들어 창틀에서 내려주었다. 나는 그때까지도 온정신으로 돌아오지 못했다. 친구들에게 돌아가 즐기는 것은 불가능했지만, 이제는 조금 더 명확하게 말을 할 수 있었다. 가까스로 웃을 수 있었고, 그녀와 대화를 조금 나눴다. 간단한 농담도 했다. 하지만 우리는 둘다 내가 겪은 일에 대한 심각성을 알고 있었다. 나는 고마움의 표시로 그녀를 안았다. 그러자 그녀는 나를 클럽 안으로 데리고 가 친구들을 찾게 해줬다. 그들은 이미 몇 시간 전부터 나를 찾던 중이었다. 나를 보자 놀라면서도 안도했다. "괜찮은지 지켜보세요." 그녀가 잡고 있던 내 손을 친구 중 한 명에게 건네주며, 키스와 미소로 작별인사를 했다.

집으로 가는 열차 안에서 친구들은 웃음을 멈추지 않았고, 얼마나 멋진 밤을 보냈는지 서로 얘기하느라 정신이 없었다. 아직도 클럽에 있었으면 좋겠다고 했고, 약기운이 떨어진 걸 아쉬워했다. 나는 머리를 창문에 기대고 자는 척했다. 정말로 잠들려면 어느 정도 시간이 필요하다는 것을 알았다. 내 심장은 여전히 갈비뼈를 울리며 쿵쾅거리고 있었다. 나는 오로지 어서 약 기운이 떨어졌으면 좋겠다는 생각만 하고 있었다.

독성 약물로 소중한 몸을 망쳐놨던 날들은 그날부터 과거의 일일 뿐이었다. 그 후에 꼬박 이틀을 잔 후, 나는 내가 얻은 큰 교훈에 감사하면서 새로운 여자로 깨어났다. 잠에서 깨어 천장을 바라보며, 내 불쌍한 몸이 해야 했던 여행 때문에 지친 상태에서 살아남았다는 것만으로도 큰 안도감을 느꼈다. 이제는 내 몸을 좀더 소중히 다루고, 내가 받은 건강이라는 선물을 돌봐야 할 시간이었다.

몇 년 후에 다시 나는 엑스터시를 권유 받았다. 하지만 한 치의 망설임도 없이 정중하게 거절했다. 그 당시 내가 속한 세계에서는 엑스터시가 매우 이질적인 것으로 느껴졌다. 나는 새로운 환경의 산물로 다시 자랐다는 것을 깨달았다. 다행스럽게도 나는 새로운 환경으로 옮아갈 수 있었다. 내 생활 자체가 하나의 건강함으로 자리잡고 있었다. 친구들과 어울릴 때에는 몸에 좋은 음식을 먹거나, 함께 차를 끓여 마셨다. 가끔 긴 산책을 나가거나 강에 나가 수영을 하기도 했다. 내게 훨씬 더 잘 맞는 환경이었다. 나는 기꺼이 이런 환경의 지배를 받고 싶었다.

불행하게도 앤소니는 최악의 방법으로 환경의 산물이 되었다. 요양원에서 지내게 된 첫해 동안에는 내가 찾아가면 시사 문제들에 대해 토론하기를 좋아했다. 그는 빈틈없는 성격이었고, 항상 똑똑한 의견이나 건방진 말을 던질 준비가 되어 있었다. 또 내 삶에 일어나는 일에 대해서도 진심으로 흥미를 보이며, 함께 이야기를 나누고 싶어 했다.

하지만 시간이 흐르면서, 그의 빛은 사라져갔다. 심지어는 내가 바깥으로 데리고 가려 하면 거절할 정도였다. 한때 우리는 밖으로 나가 즐거운 시간을 보냈다. 햇빛을 흠뻑 받으며, 지나가는 사람들에게 이야기를 건네기도 했다. 가끔 정원에 그냥 앉아서 새들을 바라보며 서로에 대한 이야기를 나누기도 했다. 언제든 항상 많은 웃음이 넘치는 즐거운 대화였다.

하지만 친구나 가족들 중 누군가 새로운 기술이라도 배워서 더 나은 삶을 살라고 제안하면, 그는 자신의 귀를 틀어막았다. "나는 이해를 못하겠어. 지금도 충분히 괜찮아. 이건 내 운명이야. 그냥 받아들일거야." 그는 몇 번이고 되풀이해서 내게 말했다.

앤소니는 과거에 다른 사람들에게 저질렀던 죄 때문에 자신이 그런 운명에 처했다고 생각했다. 그러면 나는 이렇게 말하곤 했다. "앤소니, 당신은 이미 빚을 다 갚았어. 당신은 이 상황에서 많은 걸 배웠고, 그게 중요한 거야." 하지만 그는 자신을 용서하려 하지 않았다. 또 애써 더 나은 삶을 살려고도 하지 않았다.

앤소니는 이미 요양원의 느린 일상에 맞춰 살기 시작한 지 오래였고, 다시 일반적인 사회로 돌아가 정상적인 삶을 살겠다는 욕심이 전혀 없었다. 그는 마치 장애 때문에 다른 것을 시도해볼 필요가 없어도 되는 상황에 안도감마저 느끼는 것 같았다. 다양한 장애를 지닌 많은 사람들이 충만하고 감동적인 새 삶을 살았던 것과는 대조적이었다. 무엇보다도 그는 이런저런 변명만 할 뿐, 실패할지라도 새로운 일에 도전하려 들지 않았다. 결국 그는 나와 이야기를 나누다가, 더 이상 무언가를 할 용기가 없다고 인정했다. 우리는 누구나 시도하지 않는다면, 실패할 수도 없다. 하지만 어떤 것도 그가 실패를 감수하고 도전하도록 동기부여를 해주지 못했다. 그는 매일 태양이 지고 뜨는 동안 인생을 잠자면서 보내기로 선택했다.

나는 억압적인 환경에서 좀처럼 헤어나오지 못하는 그를 외면할 수 없었다. 그래서 그 이듬해에도 이따금씩 계속 그를 찾아갔다. 하

지만 일방적인 우정은 누구라도 지치게 만드는 법이다. 앤소니와 나 사이의 우정도 그의 모든 일상처럼 빛을 잃어가고 있었다.

앤소니는 지인들이 가끔 찾아오는 것에 익숙해져서 나를 포함한 누구에게도 전화를 걸지 않았다. 그를 만나면 나누는 대화도 거의 뻔한 내용이었다. 장 운동 같은 건강 상태와 고용인들이 얼마나 무례한지에 대한 내용이 반복됐다. 자신의 외모에 대한 흥미도 거의 잃어가고 있었다.

앤소니는 아직 젊은데도 노인처럼 늙어버렸다. 요양원의 다른 노인들보다 최소 30년 이상 어린데도, 이제 그들과 비슷해 보였다. 그는 철저하게 환경에 지배받고 있었다. 이 사랑스러운 남자의 빛이 사라지는 것을 보고 있으면, 마음이 원하는 삶을 살려면 용기가 얼마나 중요한지를 생각하게 된다. 슬프게도, 그의 인생은 내가 원하지 않는 삶의 예라고 할 수 있다.

몇 년 후 앤소니의 동생에게 전화가 왔다. 그가 세상을 떠났다는 소식을 전해주었다. 그때까지도 그는 여전했다. 가족 모임 같은 것이 있어도 절대로 요양원 밖으로 나오지 않았다. 그는 외출을 거절하면서 자신을 방해하지 말아달라고 했다고 한다. 나는 그가 마지막 순간에 인생을 돌아보며 누워 있을 때, 무슨 생각을 했는지 정말 궁금하다.

실패로 마감한 앤소니의 삶은 내게 큰 충격과 교훈을 주었다. 앤소니는 어찌 되었든 앞으로 나아가야 했다. 그는 자신에게 발전하고 변화할 기회를 주려고 노력했어야 했다. 실패는 무엇에서든 성공했는지 못했는지에 관한 것이 아니었다. 단순히 시도만 했어도 인생을 변화시키는 데 성공했을 것이다. 그의 최대 실패는 더 나은 삶을 살기 위해 무엇에든 도전해보려는 열망이 부족한 데서 온 것이었다. 결국 그는 환경의 지배를 받고 말았다. 아무리 부유함과 재능을 가지고 태어난 훌륭하고 똑똑한 사람이었다 해도, 그 모든 것을 쓸모없이 버려둔 채 떠나고 말았다.

만약 나 자신을 포함한 우리 모두가 환경의 지배를 받을 수밖에 없는 존재라면, 좋은 환경을 선택하는 것이 최선의 방법이다. 물론 좋은 환경이란 내가 살아보고 싶은 방향으로 인생을 끌고갈 수 있는 것이어야 한다. 또, 그런 환경을 선택했다 해도, 내가 원하는 방식으로 계속 살아가려면 용기가 필요하다. 어쨌든 주위 환경이 내게 끼칠 잠재적인 영향력에 대해 늘 깨어 있게 되면, 원하는 인생을 살기가 훨씬 더 쉬워질 것이다.

나는 앤소니의 삶을 보면서, 자유롭게 선택하며 더 나은 인생을 창조해가는 것에 대해 많이 생각하게 되었다. 이때 필요한 것은 늘 깨어 있는 정신과 용기이다.

2

내가 그렇게

열심히

일하지 않았더라면

미래, 잃었다

나는 접시를 마른 행주로 닦고 있었다. 존이 사무실로 쓰는 방에서 남학생처럼 킥킥 웃는 소리가 들렸다. "맞아, 그녀는 딱 좋은 나이야." 그는 전화기 너머 친구에게 나에 대해 설명을 하면서 빙그레 웃고 있었다. 존은 거의 아흔 살에 가까운 나이였고, 나는 아직 30대였다. 문득 한 70대 노인이 내게 말했던 것이 생각이 났다. "모든 남자는 소년이야." 나는 고개를 저으며 혼자 미소 지었다.

나중에 사무실에서 나오는 걸 보니, 존은 다시 수완 좋은 노신사로 돌아가 있었다. 방금 전의 장난기는 어디에도 없었다. 그는 나를 데리고 나가 점심을 대접하고 싶다고 했다. 그리고 내게 분홍 드레스를 가지고 있는지, 만약 없다면 하나 사줘도 되는지 물었다. 나는 공손하게 웃으며 그 제안을 거절했다. 왜냐하면 분홍색 드레스를 한 벌 가지고 있었기 때문이다. 간병인이 그런 옷을 입고 외출하는 게 흔한 일은 아니지만, 죽어가는 늙은 남자를 도울 수 있으면 나도 행복했다. 내가 그런 마음을 전하자, 그는 아주 기뻐했다.

매우 비싼 레스토랑에서 2인용 테이블이 예약되어 있었다. 그곳에서 전망이 가장 좋은 테이블이었다. 금테가 둘러진 해군 자켓을 입은 존은 말쑥해 보였다. 면도 후 바른 크림의 상쾌한 냄새를 풍기고 있었다. 그는 내 허리 뒤쪽에 가볍게 손을 올려 테이블까지 인도했다. 밖의 전망을 바라본 후 고개를 돌리다가, 그가 다른 테이블에 앉아 있는 노인 네 명에게 윙크하는 것을 얼핏 보았다. 노인들은 나를 훑어보면서 웃다가 걸렸다는 것을 깨닫자마자 다시 점잖은 표정을 지었다.

"선생님 친구들이죠?" 내가 웃으면서 물었다. 그는 말을 더듬으며, 친구들에게 나처럼 좋은 신체 조건을 가진 간병인을 만났다는 것을 자랑하고 싶었다고 인정했다.

나는 웃음이 터졌다. "내 나이라면 어떤 여자든 선생님 또래의 분들에겐 좋은 신체조건을 가진 것으로 보일 거예요." 장난기로 시작된 식사였지만, 존의 매너는 나무랄 데가 없었다. 내 또래의 더 많은 남자들이 그가 식사 때 보여준 에티켓과 매력을 배운다면 얼마나 좋을까 하는 생각이 들었다. 그는 레스토랑에 미리 전화를 해서 채식주의자를 데려간다고 말해두었다. 레스토랑에서는 나를 위해 특별히 요리한 맛있는 채소 요리를 내놓았다.

존의 친구들은 우리의 점심식사를 방해하거나 심지어는 테이블

근처에도 오지 않았다. 모두 존이 미리 금지시켜 놓은 것이었다. 그는 식사를 마치고서 나를 소개하려 했다. 그들은 훨씬 빨리 식사를 끝냈다. 그래서 존과 내가 대화를 나누며 천천히 식사를 마칠 때까지 끈기 있게 기다려야만 했다. 식사를 마치자 존은 손을 다시 내 허리 뒤쪽에 올리고 친구들이 앉아 있는 테이블로 인도했다. 나는 그 순간만은 완벽한 여자친구가 되어, 그들 모두에게 내 매력을 보여주면서도 존이 가장 많이 주목을 받도록 했다. 존은 마치 짝짓기할 때 자신감을 보이려 온몸의 깃털을 세운 수탉 같았다. 재미있는 시간이었다.

하지만 이렇게 자신감 넘치고 멋진 모습 아래에는, 죽어가는 남자가 있었다. 그의 마지막 나들이 중에 하나가 될 수도 있는 이런 외출이 혹시 해롭지는 않았을까? 집으로 돌아가 분홍 드레스를 벗고 실용적인 작업복으로 갈아입고 나타나자, 존은 많이 실망한 눈치였다. 나는 그를 침대로 인도했다. 나들이가 그를 기쁘게도 했겠지만, 몸이 지치는 것은 어쩔 수 없었다.

죽어가는 사람들의 에너지는 아주 약하다. 그래서 몇 시간만 나들이를 하고 와도 한 주에 80시간 정도 벽돌을 나른 것처럼 느껴진다. 그만큼 완전히 그들의 진을 빼는 일이다. 그래서 가끔 가족과 친구들도 좋은 의도로 온 병문안이 아픈 사람들을 얼마나 지치게 할 수 있는지 종종 깨닫지 못한다. 그들이 마지막 주쯤에 이르렀을 때, 5분 혹은 10분 이상의 방문도 환자에게 힘든 일이 될 수 있다. 물론 늘 방문객들이 끊이지 않는 경우에 그렇다는 것이다.

다행히 그날 오후엔 존과 나뿐이었기 때문에, 그는 깊은 잠을 잤다. 그동안 난 분홍 드레스를 개어 가방에 넣으면서, 점심 나들이가 그에게 큰 기쁨을 주어 다행이라고 생각했다. 물론 내게도 큰 기쁨을 안겨준 나들이였다.

존이 나처럼 젊은 간병인을 고용해서 좋은 점이 또 하나 있었다. 나는 그보다 컴퓨터에 대해 더 많이 알고 있었다. 그래서 그의 사무실에 들어가 이미 한 달 전부터 하고 있던 일을 도와줄 수 있었다. 그는 기술의 시대에 뒤처지지 않으려 했고, 90세의 노인치고는 놀랄 만큼 컴퓨터를 잘 다루었다. 하지만 폴더 사용법이나 파일 정렬법을 몰랐기 때문에 파일들이 엉망으로 저장되어 있었다. 나는 그가 자는 동안 목차와 카테고리를 만들어 수백 개의 문서들을 찾기 쉽게 정리해주었다. 하지만 내가 이미 말했듯이, 그는 나이에 비해 컴퓨터를 정말 잘 다루었다.

그 다음 주부터 존의 상태는 악화되었다. 우리가 이미 점심 식사를 한 것은 정말 다행이었다. 그는 이제 다시 집을 떠나지 못할 것이다. 아직 몇 주 정도 더 남았을 수도 있고 아닐 수도 있지만, 그는 빠른 속도로 쇠약해지고 있었다. 그날 오후 늦게까지 발코니에 나가 앉아 있으면서 그는 하버브리지와 오페라하우스 너머로 지는 해를 보고 있었다. 실내복을 입고 슬리퍼를 신은 차림이었다. 조금씩 먹으려고 노력했지만, 쉽지 않았다. "괜찮아요. 먹을 수 있는 거, 먹고 싶은 것만 드세요." 내가 말했다. 우리 둘 다 그 말 뒤에 숨어 있는 말들에 대해 알고 있었다. 존은 죽어가고 있었고, 죽음은 그리 멀지 않았다. 그는 고개를 끄덕이며 포크를 내려 놓고, 접시를 내게 밀었다. 나는 트레이를 한쪽으로 치워두고, 그와 함께 해 지는 것을 바라보았다.

평화로운 오후의 분위기에 젖어 존이 말했다. "그렇게 열심히 일하지 않았다면 좋았을 걸…… 그런 생각이 들어요, 브로니. 내가 얼마나 멍청했는지." 발코니에서 존 옆에 있는 안락의자에 앉으며, 나는 그를 쳐다봤다. 그는 하고 싶은 말을 계속했다. "나는 너무 열심히 일했어요. 지금 난 외롭고 죽어가고 있어요. 최악은 은퇴한 후 줄곧 외롭게 지냈다는 것이지. 그렇게까지 할 필요가 없었는데." 나는 존이 들려주는 지난 이야기를 묵묵히 들었다.

존과 마가렛은 슬하에 자녀가 다섯 명 있었다. 그들 중 네 명은 모두 결혼해 부모가 되었다. 하지만 나머지 한 명은 30대 초반에 죽었다. 자녀들이 성인이 되어 집을 떠나자, 마가렛은 존에게 은퇴하라고 권했다. 둘은 모두 건강했고, 은퇴 생활을 즐겁게 유지할 만큼 충분한 돈도 있었다. 하지만 그는 항상 돈이 더 필요할지 모른다고 말했다. 그때마다 마가렛은 자녀들이 떠나고 텅 빈 집을 줄이면 돈을 더 마련할 수 있다고 했다. 그가 은퇴하기 전 15년 동안 이런 식의 말싸움은 계속 되었다.

마가렛은 외로웠다. 자녀나 일이 없는 상태에서 부부의 동반자적인 관계를 다시 발견하고 싶어 했다. 몇 년 동안 그녀는 여행 안내 책자들을 탐독하며, 이런 저런 곳에 가보고 싶다고 했다. 존도 여행을 좋아했기 때문에 마가렛이 제안하는 장소마다 조만간 한 번 가보자며 동의했다.

하지만 불행히도 그는 일이 그에게 주는 지위도 즐겼다. 그는 일 자체를 특별히 좋아했다기보다는 그 일을 함으로써 사회에서 존경받고 친구들한테 인정받는 게 좋았다. 그리고 거래나 교섭을 성사시킬 때 얻는 희열에 중독되어 있었다.

어느 저녁, 마가렛은 눈물을 흘리며 은퇴하라고 그에게 사정했다. 그는 아내가 동반자의 보살핌을 받지 못해 극도로 외롭다는 것을 알았다. 게다가 자신도 그녀와 마찬가지로 이제는 노인이라는 것을 깨달았다. 훌륭한 아내는 인내심을 가지고 남편이 은퇴하기만을 기다려왔다. 그녀를 바라보았는데, 여전히 처음 봤던 날처럼 아

름다웠다. 하지만 두 사람의 인생이 언제 끝날지 모르고, 누군가 먼저 세상을 떠날 수도 있다는 사실을 처음으로 생각하게 되었다.

인정하기 싫은 이유들로 인해 두려움을 느낀 그는 은퇴하겠다고 했다. 마가렛은 깡충 뛰며 그를 껴안았다. 그녀의 눈물이 슬픔에서 기쁨으로 바뀌었다. 하지만 그녀의 미소는 오래가지 못했다. 그가 "일 년만 더"라고 덧붙인 순간부터 사라졌다. 당시에 회사에서 협상이 진행 중인 거래가 있었고, 그는 그것을 끝까지 해내고 싶었다. 그녀는 그가 은퇴하는 것을 15년 동안이나 기다려왔다. 어쩌면 일 년 더 기다리는 것은 아무것도 아니었다. 그녀는 마지못해 양보하며, 그것에 동의했다.

해가 완전히 넘어가 시야에서 사라졌다. 존은 당시 자신의 선택이 이기적이라고 느끼긴 했지만, 진행 중이던 거래를 성사시켜야만 은퇴할 수 있을 것 같았다고 내게 말했다.

그의 사랑하는 아내는 몇 년 동안 이 시간만을 꿈꾸어왔다. 이제 그것을 현실로 만들려 했다. 정기적으로 여행사에 전화해 실질적인 계획을 짰다. 날마다 그가 이곳저곳 볼일을 보고 귀가할 때면, 저녁 식사를 준비해놓고 기다리곤 했다. 그리고 한때 전 가족들이 모여 앉았던 식탁에 달랑 둘이 앉아 밥을 먹으면서 흥분된 마음으로 여행 계획을 들려주곤 했다. 비록 마가렛이 늘 좀더 빨리 은퇴하라라고 하면 1년만 더 기다리라고 주장하기는 했지만, 존 또한 이제 은퇴에 관한 생각에 공감하기 시작했다.

그가 1년 후 은퇴하겠다고 한 후, 4개월이 지났을 때였다. 이제 8개월만 참으면 꿈을 이루게 된 상황에서 마가렛은 속이 메스껍기 시작했다. 처음에는 약간의 메스꺼움 정도야 금방 나을 거라고 생각했는데, 거의 일주일이 지나도 가라앉질 않았다.

"내일 병원에 예약했어요."

어느 날 퇴근하자, 그녀가 말했다. 이미 밤은 어두워졌다. 아직도 귀가하는 사람들이 있었기 때문에, 창 밖의 자동차 불빛은 계속 이어지고 있었다.

"뭐, 별일 있겠어요?"

마가렛은 애써 명랑한 목소리로 말했다. 존은 그녀가 건강이 좋지 않다는 것이 마음에 걸렸다. 하지만 다음 날 밤 마가렛이 몇 가지 검사를 더 해야 한다고 말하기 전까지는 무슨 일이 있을 거라고는 생각하지 못했다. 결과가 어떻게 나오든 마가렛이 느끼는 불편함과 고통이 점점 늘어나고 있다는 것은 무언가 잘못됐다는 의미였다. 단지 그들은 얼마나 심각하게 잘못됐는지 알지 못했다. 마가렛은 죽어가고 있었다.

우리는 나중에 일어날 일들에 휘둘리면서 미래를 계획하느라 너무 많은 시간을 보낸다. 모두 앞날의 행복을 확실히 하기 위해서다. 간혹 우리가 가진 시간은 오늘의 삶 밖에 없을 때에도 이 세상의 모든 시간을 가진 것처럼 살기도 한다. 나는 존이 느끼는 깊은 후회에 충분히 공감했다. 이 세상엔 존만큼 자신의 일을 사랑하는 사람들이 얼마나 많은가? 그게 무슨 잘못인가? 일을 사랑한 것에 대해선 죄책감을 느낄 필요가 없다. 나 역시 돌보는 사람들을 떠나보낼 때엔 더없이 슬프지만, 그 당시나 지금이나 내 일을 사랑한다.

하지만 아내의 헌신적인 도움이 없었다면 그가 그렇게 일을 즐길 수 있었을지 묻자, 그는 고개를 저었다.

"확실히, 내가 일을 너무 좋아하긴 했소. 사회적인 지위를 누리는 것도 좋아했지. 하지만 이제는 그게 무슨 소용이요? 정말로 내가 삶을 헤쳐갈 수 있게 해준 것들에는 시간을 많이 쓰지 못했소. 마가렛과 나의 가족…… 내 사랑 마가렛. 아내는 내게 사랑과 도움을 주었지만, 그녀를 위해 내가 한 건 거의 없소. 그녀는 재미있는 사람이기도 했지. 우리는 충분히 함께 즐거운 시간을 보낼 수 있었을 텐데, 그러질 못했소."

마가렛은 존이 은퇴하기로 예정한 석 달 전에 세상을 떠났다. 물론 존은 아내가 아프다는 것을 알고, 바로 일을 그만두었다. 그 후 존의 은퇴 생활은 죄책감과 외로움의 싸움이었다. 심지어 그가 표현하듯이, 자신의 '실수'를 받아들이는 단계에 도달한 지금도, 마가렛과 웃고 여행하며 지내지 못한 안타까움을 떨쳐내지 못하고 있다.

"나는 지위를 잃고 인정받지 못할까봐 두려워했던 것 같소. 맞아, 겁에 질렸던 거지. 어떤 면에서 내 지위가 나를 정의한다고 생각했지. 물론 이제 죽게 되니까, 인생에선 좋은 사람이 되는 것만으로도 과분하다는 것을 알겠어. 우리는 자신을 입증하기 위해 물질적인 세상에 너무 의존하는 것 같지 않소?" 존은 무엇을 했고 무엇을 소유했는지를 중요하게 생각하는 사람들에게 느끼는 슬픔을 생각나는 대로 말하고 있었다. 그는 다른 사람에게 보여주기 위한 자신이 아닌 자기 마음에 비친 자신의 참모습이 중요하다는 것을 깨닫고 있었다.

"더 나은 삶을 바라는 것이 잘못되었다는 게 아니오." 그가 계속 말을 이었다. "문제는 업적과 소유물을 통해 알려지고 싶은 욕구가, 우리가 사랑하는 이들과 시간을 보내고, 우리 마음이 원하는 것을 하지 못하게 방해하지. 그러니 그들 사이의 균형이 중요하다고 생각하오. 균형처럼 중요한 게 없지. 안 그렇소?"

나는 동의한다는 의미로 고개를 끄덕였다. 이제 하늘에는 별이 떴고, 도시의 알록달록한 불빛들이 물위에 반사되었다. 사실 균형은 항상 내게도 어느 정도 중요한 문제였다. 심지어 간병인으로 일하는 것 자체가 삶의 균형을 무너뜨리게 하기도 했다. 보통은 12시간 교대 근무를 하고 주말엔 쉰다. 하지만 환자의 임종이 다가오면, 본인이나 가족들이나 모두 가능하면 간병인이 교내하지 말아주기를 원한다. 그래서 임종하기 전 마지막 달에는 일주일에 6일 내내 근무하면서, 때때로 중간에 밤샘 근무도 한다. 36시간을 연속으로 환자를 돌볼 때도 있다는 의미다. 아무리 일을 사랑한다고 해도 일주일 84시간 정도 일하게 되면, 누구나 건강이 나빠진다.

때때로 환자들이 잘 때에도 나는 여전히 깨어서 할 일이 많았다. 잠도 자지 못하고, 내 의무를 다 하다보면, 마치 내 인생은 보류된 상태로 정지해 있는 느낌이 들었다. 돌이켜 보면, 물론 그렇지 않았다. 그 일 또한 내 인생의 일부였기 때문이다. 돌보던 환자가 세상을 떠나면, 나는 녹초가 되었다. 보통은 그다음에 정기적으로 돌보아야 할 환자가 바로 연결되지는 않는다. 그때 찾아오는 휴식이 내겐 정말 반가운 시간이었다. 친구들을 만났고, 음악으로 돌아가 작곡을 했다. 모든 일상이 처음부터 다시 시작되는 기분이었다. 정기적인 일자리를 다시 잡기 전에 가끔 교대 근무를 하면서 한동안 지낼 때가 있다. 여유가 있어 좋긴 하지만, 경제적으로 압박이 심해졌다. 근무 시간이 줄어든 만큼, 수입도 줄었기 때문이었다.

이맘때쯤 나는 1주일에 한 번씩 산모보건센터의 사무실에 나와

관리자 역할을 해달라는 제안을 받았다. 안정된 일자리였고, 일도 마음에 들었다. 이 센터는 임산부와 막 출산을 한 엄마들을 위한 교육을 하고 있었다. 당시 나는 몇 주 동안 죽음을 코앞에 두고 있는 환자와 내 볼에 축축한 키스를 하며 몸을 타고 올라오는 유아들 사이를 오가며 일하고 있었다.

유아들은 삶의 기쁨과 완벽한 순환에 대해 상기시켜주었다. 세상을 떠나는 환자가 있는가 하면, 새롭게 태어나 센터로 들어오는 아기도 있었다. 엄마 품에서 꼬물대는 작은 아기들은 믿을 수 없을 만큼 약하고 아름다웠다. 이 센터에서 내 직속 상사였던 마리는 내가 아는 가장 멋진 사람들 중 한 명이었다. 마음이 바다처럼 넓었다. 나는 그녀를 아주 좋아했고 지금도 여전히 그렇다. 내 역할 중 일부는 임산부 교육을 위한 자료를 업데이트하는 것이었다. 자연스럽게 나는 업무시간에 세계의 다양한 문화권에서 이루어지는 임신과 출산 과정에 대한 자료를 읽게 되었다. 많은 문화권에서 출산은 자연스러운 일이었고, 그런 식으로 접근했을 때 고통도 훨씬 줄어들었다. 하지만 서구 문화권에선 그것이 공포스러운 과정으로 인식되고 있었다. 나는 내가 준비하는 자료를 통해 한 생명을 잉태하고 출산하는 것만큼 기쁘고 아름다운 일이 없다는 사실을 다시 한 번 확인했다.

산모 보건 센터에서 생명의 탄생과정을 함께하는 일은 나를 건강하게 만들었다. 그동안 죽어가는 환자들과 가족들을 대하며 강한 연민을 느끼면서, 나는 많이 지쳐 있었다. 전 세계에 죽어가는 사람들을 위해 평생을 바치는 사람들도 많다. 아마도 그들은 나보다 더 많이 깨우치고 담대한 사람들일 것이다. 아니면, 나보다 더 균형을 잡는 능력이 뛰어날 수도 있다. 어쨌든 나는 그들을 정말 존경한다.

태아들을 위해 일주일마다 바치는 하루는 임종환자들을 돌보느라 놓치고 있는 줄도 몰랐던 빛을 가져다 주었다. 그들을 통해 받는 에너지는 상쾌하고 생명력이 넘쳤다. 마치 누군가 나를 위해 창문을 열어준 것처럼, 그들을 통해 깨끗한 공기가 불어 들어왔다.

일주일에 한 번씩 이렇게 대조적인 만남을 가지게 되면서, 삶의 주기에 대해 생각하게 되었다. 그리고 나의 죽어가는 환자들도 한때는 아기였다는 것을 깨닫게 되었다. 엄마들이 자랑스럽게 사랑스러운 갓난아기들을 내게 보여주면, 나는 그 아기가 잘 자라 한 인생을 온전히 살아내겠거니 생각했다. 그러면 그 아기들도 언젠가는 지금 내가 돌보는 환자들처럼 삶의 마지막 순간에 도달할 것이라는 생각이 들었다. 그처럼 인생의 스펙트럼 양 끝을 동시에 접하는 경험은 아주 흥미로운 일이었다. 그것은 축복이었다.

그런 경험 이후, 나는 다른 사람들에게 더 깊은 동정심을 갖게 되었다. 누구나 한때는 단지 연약하고 순수한 작은 아기들이었기 때문이다. 또 모두가 언젠가는 죽을 것이고, 나 또한 그렇다. 나는 부모님, 형제자매들, 친구들, 그리고 낯선 사람들 모두를 한때 순진무구하게 삶을 믿고 희망을 품었던 어린아이들로 보기 시작했다. 이 어린아이들에게 가족, 동료, 혹은 사회가 그들이 가진 상처들을 쏟아 놓아 어두운 영향을 끼치기 전 순수한 모습을 상상해보았다. 사람들의 마음 한 구석에 있는 선량함이 분명하게 보였다. 나는 어린아이를 돌보는 엄마의 마음으로 그들의 선량함을 지키며 사랑해주고 싶었다.

수년간 내게 상처를 주었던 말들도 그 말을 내뱉는 사람으로부터 나온 것이 아니었다. 그 말들은 그들의 상처에서 나온 것이었다. 그들도 몇십 년 전에 태어났을 때는 아름답고 순수한 존재였다. 그리고 그런 순수함은 여전히 지금도 그들의 일부였다. 사랑스럽고 순진무구한 작은 아이가 여전히 그들 각자 안에서 살고 있다. 그리고 그들도 대부분 사람들이 그렇듯이 죽음을 앞두고서야 뒤늦게 삶의 지혜를 깨닫게 될 수도 있다.

내가 특정한 사람들을 사랑하지 않는다고 생각했던 시간들이 있었다. 하지만 내가 사랑하지 않고 심지어 미워하기까지 한 것은 내게 상처를 준 그들의 행동과 말일 뿐이었다. 나는 이제 그들 안에 있는 순진한 마음, 세상이 그들을 행복하게 해주고 돌봐줄 것이라고 믿는 마음을 사랑했다. 그런 마음이 상처받았을 때 괴로움이 시작되었고, 고통과 환멸은 건강하지 못한 방법으로 다른 사람들에게 영향을 끼쳤다. 나도 마찬가지였다. 나 역시 다른 사람들에게 고통을 주었다. 그런 고통은 내 자신의 괴로움, 즉 인생이 원하는 대로 흘러가지 않는다는 실망감을 통해 만들어진 것이었다. 또 내 안의 작은 소녀가 다른 사람들의 고통에서 온 말이나 행동으로 상처 받은 뒤에 만들어진 것이기도 하다.

모든 사람들의 마음에는 여전히 본래의 순수함이 있다. 단지 삶의 고통을 겪으면서 흐려져 잘 보이지 않을 뿐이었다. 나는 누구나 한때는 세상을 믿으며 순진했던 작은 아기들이었다는 것을 깨달았다. 발코니에서 존과 나란히 앉아 있으면서, 나는 그의 내면에 있는 연약한 아이를 보았다. 그는 아내와 여행을 가기보다는 일을 통해 자신의 존재를 증명하면 더 많이 행복할 거라고 믿었다. 순수했던 작은 아이가 자라면서 경험한 환경을 통해 그렇게 결심하게 된 것이다. 이따금씩 그가 깊은 한숨을 쉴 때 뺨을 따라 천천히 눈물이 흘렀다. 나는 그가 자기만의 생각에 잠기도록 두고 접시를 가져가 씻었다. 돌아와 그에게 무릎덮개를 덮어주고 다시 앉기 전에는 그의 볼에 키스해주었다.

"브로니, 내가 만약 당신에게 인생 선배로서 조언을 한 마디 한다면, 이거요. 너무 열심히 일한 것을 후회할 인생을 살지는 말라는 거지. 이렇게 인생의 마지막에 와서야 후회하게 될 줄은 몰랐소. 하지만 내 마음 깊은 곳에서는 지나치게 너무 열심히 하고 있었다는 것을 알고 있었소. 마가렛뿐만 아니라 나 자신을 위해 그렇게 열심히 일한다는 것도 알았지. 난 다른 사람이 나에 대해 어떻게 생각하는지 신경쓰고 싶지 않았소. 왜 이런 걸 죽을 때가 돼서야 이해하게 되는 건지 모르겠소." 그는 안타깝다는 듯이 고개를 저으며, 이야기를 계속했다. "당신의 일을 사랑하고 그것에 전념하는 것은 잘못이 아니오. 하지만 인생에는 그보다 훨씬 많은 것들이 있지. 그들 사이의 균형이 중요해요, 균형이."

"저도 그렇게 생각해요, 선생님. 벌써부터 그걸 느꼈지만, 요즘에야 균형을 잡으려 애쓰고 있어요. 걱정 마세요."

나는 내 심경을 솔직히 말했다. 그도 내가 무슨 말을 하려는지 이해했다. 우리는 그동안 서로에 대해 많은 이야기를 나누었기 때문에 그는 내 사정을 잘 알았다.

갑자기 존이 혼자 웃었다. 나는 그 이유가 궁금해져서 즐거움을 함께 나눌 수 있는지 물었다.

"내가 방금 인생 선배로서, 한 마디 했잖소. 후회할 정도로 너무 열심히 일만 하지 말라고. 그런데 방금 다른 것을 생각해냈소. 이것도 거의 비슷하게 중요한 거지.”

“말해주세요.” 나는 미소 지었다.

그는 장난기 어린 눈으로 나를 보며 말했다.

“그 분홍 드레스를 절대로 버리지 말아요!”

웃으면서 존은 내 의자를 가리키더니, 곧 자신이 앉아 있는 의자 가장자리를 두드렸다. 나에게 의자를 가지고 옆으로 오라는 의미였다. 나는 웃으면서 그대로 했다. 무릎담요를 덮고 항구를 바라보며, 그와 나란히 몇 시간 정도 앉아 있었다. 편안한 침묵이 흐르는 가운데 가끔 몇 마디 이야기를 나누었다. 잠시 동안 이어지던 침묵이 존의 깊은 한숨으로 깨졌다. 나는 그의 손을 잡았고, 존도 이에 대한 응답으로 내 손을 꼭 쥐었다.

존은 슬픈 미소를 띤 채 나를 바라보며 말했다.

“가족들 말고 내가 이 세상에 뭔가 좋은 것을 남길 수 있다면, 이 한 마디를 두고 떠나고 싶소. 너무 열심히 일하지 말고, 균형을 유지하려고 노력할 것. 일이 인생에 전부가 되게 하지는 말 것.” 부드럽게 웃음으로 응답하면서 나는 그의 손을 잡고 손등에 키스했다.

존은 그리고 얼마 지나지 않아 세상을 떠났다. 그가 마지막으로 남긴 말은 이후 내가 돌보게 된 다른 환자들을 통해서도 종종 들을 수 있었다. 하지만 존이 그런 교훈을 깊이 강조하면서 떠나갔기에, 절대 그의 말을 잊을 수 없었다.

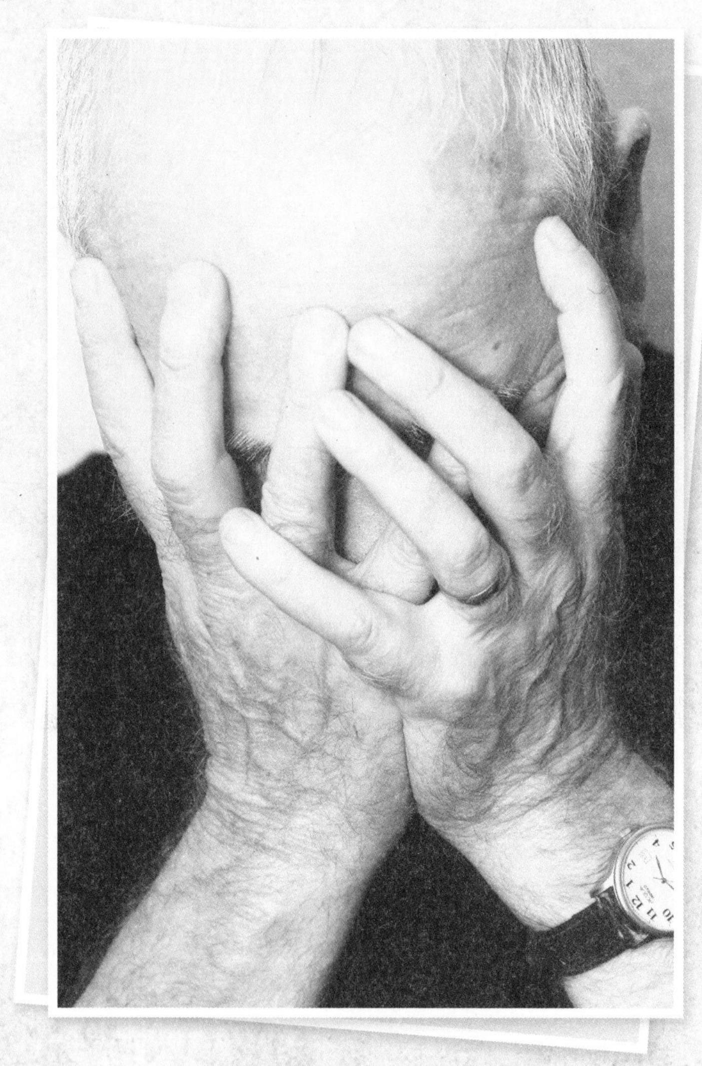

3

내 감정을

표현할

용기가 있었더라면

그들은
나를 모른다

우리가 처음 만났을 때 요제프는 죽음을 앞둔 아흔네 살의 노인 치고는 기력이 좋아 보였다. 그는 때로 어린 소년처럼 보이는 미소를 짓는 온화한 사람이었다. 조용하지만 유머러스한 말을 재치있게 한 마디씩 던질 줄 알았다. 나는 금방 그가 좋아졌다.

요제프의 가족은 그가 시한부 선고를 받았다는 것을 비밀로 했다. 나는 솔직하지 못한 상황이 힘들었지만, 최대한 그들의 결정을 존중해주려고 노력했다. 몇 주도 안 되어 그의 병세는 급격히 악화되었다. 다른 사람의 도움을 받지 않고는 일어나 앉지도 못했다. 하루가 다르게 점점 더 내 힘에 의지했다. 굳이 어디가 어떻게 아픈지를 말할 필요도 없었다. 그가 일어나거나 앉을 때마다 온몸이 아프다는 것이 너무나 분명하게 보였다. 그래서 가족들이 요제프가 죽어가고 있다는 것을 숨겨도, 본인이 저절로 깨닫기 시작했다. 그는 정말로 너무 아픈 사람이었다.

그의 고통을 최대한 누그러뜨리기 위해 약물이 사용되었다. 하지만 흔히 그렇듯이 약물은 부작용을 일으켰다. 그 부작용을 억제하는 약도 있었지만, 요제프의 경우에는 이 약이 잘 듣지 않았다. 그래서 내가 이 불쌍한 노인의 직장에 약물을 투여해 용변을 해결하도록 도와주어야 했다. 누구나 이 정도까지 아프면, 더 이상의 사생활은 없다. 내가 엉덩이에 작은 튜브를 꼽도록 요제프가 돌아누울 때, 그에겐 품위도 없어졌다.

나는 당연히 이 일을 가볍게 해내려고 노력했다. 평상시처럼 요제프에게 말을 건넸다.

"산다는 것은 먹고 싸는 것부터 시작해서, 먹고 싸는 걸로 끝나요"라고 그에게 가볍게 농담을 했다. 죽어가는 사람을 돌보면 한 바퀴 되돌아오는 인생의 주기를 제대로 느낄 수 있다. 아기를 가장 평온하게 만들어주는 것은 음식, 배변 활동, 방귀 같은 것들이다. 인생의 막바지에서 죽음을 앞둔 사람에 대해 모두가 궁금해하는 것도 그가 아직 음식을 먹고 배변활동을 잘 하고 있는지이다.

강한 항생제를 맞으며 죽어가는 사람이 장운동을 자기 힘으로 감당해 고통들을 덜어내면 주위 사람들은 안도하게 된다. 마찬가지로 요제프가 화장실로 황급히 달려가서 그의 장을 비우면 식구들은 얼마나 좋아하는지. 물론 나 역시 안도감을 느꼈다. 내가 돌보는 환자가 편안함을 느끼게 되어 그렇기도 하지만, 내가 환자에게 처음 시도한 관장이 성공했기 때문에 더욱 그렇다.

그의 아들 중 한 명은 근처의 교외에 살았고, 매일 들렀다. 다른 아들들은 좀더 멀리 살았고, 딸은 외국에 나가 있었다. 요제프와 아들은 그가 너무 피곤해지지 않도록 잠깐씩 신문의 경제면에 대해 이야기를 나누었다. 하지만 이것도 그의 건강이 너무 빨리 악화되는 바람에 그리 오래가진 못했다. 비록 그의 아들과 별로 큰 친밀감을 느끼진 않았지만, 나는 그 사람을 좋아했다. 사실 그를 싫어할 이유도, 특별히 좋아하지 않을 이유도 없었다.

나중에 내가 요제프에게 그의 아들이 좋은 사람이라고 하자, "그 앤 내 돈에만 관심이 있어"라고 요제프가 혼잣말을 했다. 나는 사람을 판단할 때 내 느낌을 중요시하기 때문에, 이 말이 그의 아들에 대한 내 호감에 영향을 주지 않도록 노력했다.

몇 주 동안 요제프와 많은 이야기를 나누었다. 대부분이 그가 얼마나 자기 일을 사랑했는지에 대한 것이었다. 그와 그의 아내 기젤라는 홀로코스트 생존자였다. 수용소에서 풀려나자마자 호주로 건너왔다. 드물지만 가끔 수용소 시절 얘기도 했다. 하지만 내 쪽에서 먼저 물어보거나 하지는 않았다. 나는 그의 이야기를 들어주는 사람이지, 그가 하고 싶은 이야기를 끊고 간섭하는 사람이 아니라고 생각했기 때문이었다. 요제프 부부 두 사람 모두에게 그 시절은 생

각조차 하기 싫은 악몽이었을 것이다. 그와 관련된 이야기라면 하지 않는 것이 더 좋아보였다. 나 역시 그 상황에 최대한 공감하기 위해 노력하면서, 두 사람이 겪었을 큰 고통을 떠올리는 게 싫었다. 두 사람이 너무 안쓰러워 마음이 아팠다.

요제프와 나는 쉽게 유대감을 느꼈고, 말도 잘 통했다. 우리는 비슷한 유머 감각을 가졌고, 둘 다 조용한 걸 좋아했다. 그리고 서로를 좋아했다. 우리가 서로 이야기가 통해 대화가 무르익을 때엔 몇 십 년의 세대차이 같은 것은 전혀 느껴지지 않았다. 그 사이에 기젤라는 자주 음식을 들고 와서 요제프에게 먹으라고 권했다. 그녀는 훌륭한 요리사였다. 요제프가 거의 아무것도 먹을 수 없는데도 그녀는 계속 많은 요리를 했다. 그것은 습관 때문일 수도 있지만, 그가 먹을 수 없다는 사실에 대한 부정하고 싶은 마음이 있었던 것 같았다.

가족들은 어찌된 일인지 요제프의 의사에게도 그가 위독하다는 사실을 말하지 말라고 설득했다. 그를 둘러싼 사람들이 단체로 현실을 부정하고 있었다. 심지어는 그에게 점점 더 나아지고 있다며 안심시키려고까지 했다.

"자, 여보, 좀 먹어봐요. 곧 좋아질테니."

기젤라가 여러 차례 말했다. 나는 그녀도 가여웠다. 남편이 곧 죽을 거라는 현실에 대한 두려움 때문에 많이 힘들었을 것이다.

이때쯤 요제프는 하루에 고작 요구르트 한 통만을 마시기에 이르렀다. 도움을 받고도 거실까지도 걸어갈 수 없을 정도로 굉장히 쇠약해졌다. 하지만 가족들은 계속 그가 곧 나을 것이라고 했다. 나는 요제프가 직접 죽음에 대해 언급할 때까지 조용히 있었다.

기젤라가 막 방을 나갔을 때였다. 요제프는 누워 있었고, 나는 그에게 발 마사지를 해주고 있었다. 그가 한 번도 받아보지 못한 것이었지만, 당시 몇 주 동안 해주었더니 아주 좋아했다. 나 역시 환자를 좀더 편안하게 소중히 보살피는 게 좋았다. 그리고 이런 과정 때문에 더욱 친해질 수 있었다. 발 마사지를 하고, 머리를 빗겨주고, 등을 긁거나 손톱을 다듬어주면서 우리는 많은 대화를 나누었다. 요제프는 부인이 방을 나가자 곧 내게 물었다.

"난 죽어가고 있어. 안 그래요, 브로니?"

나는 다정하게 그를 쳐다보았고 고개를 끄덕였다.

"그래요, 요제프. 맞아요."

그는 사실을 들었다는 안도감에 고개를 끄덕였다. 스텔라 가족에게 거짓말을 한 이후, 나는 솔직해지기로 결심한 터였다. 그는 한동안 말없이 창밖을 내다보았다. 발 마사지는 편안한 고요 속에서 계속되었다.

"고마워요. 사실을 말해줘서."

그는 마침내 고향의 강한 억양이 담긴 말투로 한 마디 했다. 나는 부드럽게 미소지으며 고개를 끄덕였다. 1, 2초 동안 정적이 흘렀다. 그리곤 그가 다시 말했다.

"모두 이 사실을 받아들일 수 없었겠지. 기젤라는 내게 사실을 이야기해주는 고통을 감당할 자신이 없었을 거야. 그녀는 괜찮을 거야. 그저 이 사실을 이야기하지 못하고 있을 뿐이야."

그는 자신의 상태를 사실대로 알게 되자 좋아했고, 나는 그에게 솔직했다는 생각에 마음이 편해졌다. 그가 계속 말했다. "오래 남진 않았겠지, 그렇죠?" "그런 것 같아요, 요제프." "몇 주? 몇 개월?" 그가 물었다. "나는 정말 몰라요. 하지만 몇 주나 며칠 정도인 것 같아요. 그냥 내가 느끼기 그렇다는 거예요." 나는 그에게 솔직하게 말했다. 그는 고개를 끄덕였고, 다시 창밖을 내다보았다.

오늘 내일 숨이 끊어질 정도로 위독하지 않는 이상, 그 사람이 정말 언제 세상을 떠날 것인지 예측하기란 어렵다. 하지만 환자나 그의 가족들은 늘 몇 번이고 내게 이것을 물어봤다. 그래서 나는 임종을 앞두고 사람들에게 어떤 변화가 얼마나 빠르게 나타나는지를 측정하고 있었다. 종종 내가 마지막으로 환자를 돌보고 돌아가는 날에도 그런 질문을 받곤 했다. 이때 간병인으로서 내 역할을 성공적으로 해내려면, 환자의 죽음이 임박했다는 것을 직관적으로 알아내어 얘기해주어야 한다. 평소의 이런 생각대로 요제프의 질문에도 솔직하게 대답했다. 물론 마지못해 하는 일이긴 했다. 그렇다고 가망이 전혀 없는데도 몇 달 남았다는 거짓말은 하고 싶지 않았다.

발 마사지가 끝났다. 나도 창밖을 바라보면서 앉았다. 잠시 후 그가 정적을 깼다. "그렇게 너무 열심히 일만 하는 게 아니었어." 나는 그가 하고 싶은 말을 계속 하도록 조용히 들었다. "나는 내 일을 정말 좋아했어요. 그래서 그렇게 열심히 일했던 거요. 물론 내 가족과 직원들의 가족을 부양하기 위해서도 그랬지."

"음, 그건 정말 멋진 일이네요. 그런데 왜 후회하세요?"

그는 호주에 와서 사는 동안 거의 가족들과 함께 시간을 보낸 적이 없었던 것을 후회했다. 하지만 더욱 후회되는 것은 가족들에게 그를 알 수 있는 기회를 준 적이 없었다는 사실이었다.

"내 감정들을 가족들에게 보여주기가 너무 두려웠어요. 그래서 나는 일만 했고, 가족들과 늘 거리를 두었지. 가족들과 좀더 가깝게 지냈어야 했는데. 그들이 정말 내가 어떤 사람인지를 알아주었으면 좋겠어."

요제프는 최근 몇 년까지도 자기 자신조차 스스로에 대해 잘 몰랐다고 했다. 그러니 가족들이 그를 알 수 있는 기회를 갖지 못한 것은 당연했다. 우리는 다른 사람과 관계를 맺을 때 이미 굳어진 틀을 깨고 나오는 게 얼마나 힘든지에 대해 얘기를 나누었다. 그러는 동안 그의 사랑스러운 눈에는 슬픔이 감돌았다.

요제프는 자녀들과 따뜻한 애정을 나누며 추억을 쌓지 못했던 것을 알고 있었다. 그가 아이들에게 보여주었던 단 한 가지의 본보기는 어떻게 돈을 벌고 소중히 다루는가 하는 것이었다. "지금 그런 게 다 무슨 의미가 있겠어요?" 그가 한숨 쉬며 말했다.

"음." 내가 이유를 대려고 노력했다. "선생님이 의도했던 대로 되었잖아요. 가족들을 부양해서 안락하게 살도록 해주었잖아요."

눈물 한줄기가 그의 뺨을 타고 흘렀다.

"하지만 그들은 나를 모르잖아. 그들은 나를 몰라."

나는 그를 다정하게 쳐다봤다. "그리고 나는 그들이……." 그는 더 이상 말을 잇지 못하고, 눈물을 흘렸다. 나는 그가 우는 동안 조용히 앉아 있었다.

조금 후, 나는 아직 그렇게 늦지 않았다고 말해주었다. 하지만 그는 동의하지 않았다. 사실 그는 너무 쇠약해져 말을 하는 것도 힘들어했다. 그것만으로도 이 일은 더 어렵게 되어버렸다. 그는 또 깊은 감정에 대해 가족들과 어떻게 이야기를 나누어야 하는지 모른다는 것을 인정했다. 그래서 내가 함께 있는 지금 대화를 나누면 더 쉬울

수도 있다면서, 그의 아내와 아들을 불러오겠다고 제안했다. 하지만 그는 고개를 저으며 눈물을 닦았다. "아니야. 너무 늦었어. 이제 와서 내 뒤늦은 후회를 그들에게 말하지 않겠어. 그냥 그들이 생각하는 대로 생각하는 게 훨씬 나을 거야. 어차피 난 죽을 텐데."

요제프는 우리 외할머니가 돌아가실 때와 비슷한 나이였다. 두 사람의 인생은 정말 달랐지만, 내가 이런 연령대의 사람과 있는 것을 편하게 느끼는 데에는 외할머니의 영향이 컸다. 외할머니와 나는 죽음에 대해 굉장히 솔직하게 이야기했다. 외할머니는 자식들보다 손녀인 나와 그런 이야기를 하는 것이 더 편하다고 했다.

외할머니에겐 쌍둥이 오빠가 있었다. 열한 명의 형제들 중 맏이였다. 외할머니는 고작 13살 때 엄마를 잃고, 다른 형제들을 혼자서 키웠다. 외할머니의 아버지, 즉 외증조할아버지는 '냉정한 사람'이었다. 어떨 때는 외할머니는 자신의 아버지를 '그 작자'라고 불렀다. "그 작자는 먹을 것만 줬어. 그 외 아무것도 주지 않았어. 특히 사랑 같은 것 말야." 외할머니가 말했다. 그녀의 형제들 중 막내였던 샬롯이 엄마를 잃고서 일년 만에 죽었다. 그리고 다른 형제들은 모두 외할머니의 손에서 컸다. 외할머니는 나중에 형제들뿐만 아니라, 자신이 낳은 아이들까지 키우게 되었다. 물론 그 아이들 중에는 우리 엄마도 포함된다.

외할머니는 내가 샬롯을 닮았다고 했다. 숱 많은 검은 곱슬머리와 탐구심 많은 성격이 똑 닮았다는 것이다. 그래서인지 할머니는 어려서부터 나를 아주 예뻐했다.

외할머니가 우리집에 왔을 때 모두가 아주 들떴다. 원래 아이들은 집에 손님 오는 것을 좋아한다, 우리도 예외는 아니었다. 외할머니는 5피트(152.4센티미터)보다 작았지만, 활발하고 멋진 여성이었다. 그녀도 자신과 같은 사람에게 양육받았더라면, 얼마나 좋았을까? 그녀가 내게 준 사랑은 무조건적이었고, 무엇이든 너그럽게 인정해주었다.

외할머니의 그런 면을 가장 잘 보여주는 예가 있다. 엄마가 쌍둥이 언니와 함께 외국에 나가 휴가를 보낼 기회가 생겼다. 아버지는 주중에는 멀리 가서 일했기 때문에, 외할머니가 우리를 돌봐주러 오셨다.

나는 그때 곧 열세 살이 되려 하고 있었다. 수녀원 부설 고등학교에 입학한 첫 해였다. 3미터가 넘는 높은 벽들이 학교를 둘러싸고 있었다. 몇몇의 수녀 선생님들은 사랑스러운 분들이었다. 하지만 교장 수녀 선생님은 '철의 얼굴'이라 불리는 엄한 분이었다. 고학년 선배들은 첫날부터 우리에게 그녀를 조심하라고 경고했다. 나는 그녀가 그런 엄격한 겉모습과는 달리 아주 부드러운 여성일 수도 있다고 생각한다. 어쨌든 나는 그렇게 믿고 싶다. 하지만 내가 그 학교에 다니는 동안, 그녀는 정말 학생들에게 엄격했다. 나는 한 번도 그녀가 웃는 것을 본 적이 없었다.

고등학교 1학년 때 나는 사춘기를 겪고 있었다. 잠깐 동안 우리 반에서 가장 거친 두 명의 친구들과 어울려 다녔다. 그래도 나는 꽤 좋은 학생이었고, 그 사건이 일어나기 전에는 교장 선생님의 눈에 띈 적이 한 번도 없었다.

그날 우리는 점심 시간에 나무를 타고 학교 벽을 넘었다. 시내까지 달렸고, 가게로 가서 자신의 이름 이니셜이 들어 있는 귀걸이들을 훔쳤다. 의외로 쉽게 성공하자 자신감이 생겼다. 우리는 그다음 가게로 가서 립글로스 몇 개를 훔쳤다. 달콤한 맛이 나는 그것을 입술에 바르고, 그 물건이 얼마나 좋은지 신나서 얘기하던 중이었다. 누군가 내 어깨를 덥석 잡았다.

"그걸 내놓으셔야겠는데."

다리가 두려움에 거의 마비된 채 다른 친구 한 명과 함께 매장 관리인의 사무실로 끌려갔다. 다른 애들은 달아났다. 매장에선 학교에 연락했다. 교장 선생님은 처량히 돌아오는 우리를 기다리고 있었다. 그녀는 자를 손에 탁탁 치며 "교장실로 와"라고 단호히 말했다. "네 수녀님." 우리는 일제히 공손하게 말했다. 쥐구멍에라도 숨

고 싶은 심정이었다.

매장에선 아무런 고발조치도 하지 않기로 학교와 협의했다. 하지만 우리는 집에 가서 부모님께 우리가 저지른 짓을 고백해야 했다. 그러면 부모님은 교감 선생님께 전화를 걸어 제대로 타일렀다는 것을 확인해야 했다. 우리는 한 학기동안 체육 수업을 할 수 없었다. 체육을 아주 좋아했던 친구와 나에겐 엄청난 충격이었다. 교장 선생님께 자로 종아리를 10번 맞는 것도 견뎌야 했다.

엄마는 외국에 있고, 아빠는 주말이 되어야 오셨다. 나는 너무 겁이 났다. 민감하고 온화한 아이였기 때문에 소리 지르는 사람은 다 무서워했다. 그래서 난 아버지가 오기 전에 외할머니에게 얘기하기로 했다. 나는 외할머니를 한쪽으로 데리고 갔다. 그리고 아랫입술을 떨면서 내가 저지른 일을 이야기했다. 그녀는 앉아서 듣기만 할 뿐, 끼어들거나 어떤 반응을 보이거나 하지 않았다. 외할머니는 내 이야기가 다 끝날 때까지 기다렸고, 나는 큰소리로 엉엉 울고 있었다.

"또 그럴 거니?" 그녀가 물었다.

"아니요, 할머니. 약속할게요." 나는 진지하게 말했다.

"너는 이 일로 뭔가를 배웠니?"

"네, 할머니. 다시는 그러지 않을게요." 나는 그녀에게 약속했다.

"알았다." 마침내 그녀가 말했다. "아버지에게는 말하지 말자꾸나. 내일 내가 학교에 전화하마." 그리고 그게 다였다.

온화하고 자상한 외할머니는 아무런 야단도 치지 않았다. 하지만 나는 다시는 가게에서 무언가 훔치지도 않았고, 훔쳤던 가게 근처에는 얼씬조차 할 수 없었다. 이 사건을 통해 너무 큰 충격과 두려움을 경험했기 때문이었다.

몇 년 후 나는 고등학교를 졸업하고, 내가 자랐던 시골마을을 떠났다. 나는 제대로 날개를 펼쳐볼 때까지 기다리지 못했다. 도시에 있는 외할머니네 집에 머물며 가까운 은행에 취직하기로 했다. 그곳에선 이모도 함께 살고 있는 외할머니네 집에 머무는 것이 가장 실용적인 선택이었다.

농장과 수녀원 부속학교를 떠나 취직을 하자, 내 앞에 새로운 기회들이 열렸다. 내가 그런 것들에 개방적으로 대처한 것은 너무나 자연스러운 일이었다. 하지만 일 년이 흐른 후, 내가 이제는 처녀가 아니라는 것을 알게 된 엄마는 큰 충격을 받았다. 엄마는 분별력 있고 착하다고 생각한 딸이 그토록 쉽게 흔들렸다는 것을 믿을 수 없어 했다. 너무 화가 난 나머지 나와 의절하려고 했다. 하지만 외할머니가 나서서 내가 아직 좋은 딸이고, 시대가 많이 변했다는 것을 엄마에게 알려주었다. 이때부터 이 두 명의 멋진 여성들은 내 인생에 얼마나 큰 힘이 되었는지 모른다.

내가 처음 술을 마시기 시작했을 때였다. 어느 날 나는 고주망태가 되어 들어왔다. 그래도 외할머니는 아무 말 없이 침대 옆에 양동이를 갖다주었다. 하지만 내가 아직 어린 나이에 술은 맞지 않는다고 합리적인 선언을 하자, 그제야 비로소 안심했다. 그녀는 현명했고 너그러웠으며, 내 인생에서 더없이 중요하고 좋은 사람이었다.

외할머니는 그녀의 다른 형제들보다 오래 살았다. 자식처럼 키운 형제 자매들이었기 때문에 그들의 죽음은 아주 가슴 아픈 일이었다. 외할머니와 나는 내가 어디에 있든 편지를 주고받으며, 펼쳐진 책을 읽듯이 서로의 인생을 들여다보았다. 그녀가 마지막 남았던 여동생을 잃었을 때 자식 같은 형제를 먼저 보낸 슬픔과 늙어서 독립성을 잃어가는 것에 대한 좌절감을 나와 함께 나누었다. 그 후 몇 년 동안 점점 외할머니의 기력이 쇠해지는 것을 보면서, 그녀가 내 곁에 평생 있지 못한다는 사실을 직면해야 했다. 정말 마음이 아팠다.

마음이 아픈 만큼 외할머니와 이야기할 때면, 눈물을 참기가 어려워졌다. 그래서 나는 터놓고 내가 외할머니를 얼마나 사랑하는지, 그리고 외할머니가 영원히 떠나고 나면 얼마나 그리워할 것인지 이야기했다. 그 후, 우리는 솔직하게 죽음에 대해 이야기할 수 있었다. 나는 그럴 수 있어서 기뻤다. 우리는 앞으로 다가올 현실을 부인하지 않았다. 할머니는 나와 함께 세상을 떠나는 것에 대한 생각을 나누는 시간을 즐겼다. 그녀는 죽음이 다가오기 몇년 전부터 이미 준비가 되어 있었다.

외국에서 몇 년을 보낸 후 돌아왔을 때, 나는 지체없이 외할머니를 만나러 갔다. 변화는 컸다. 머리카락은 아주 하얗게 셌고, 지팡이를 짚었고, 더 많이 쪼그라들어 있었다. 구십 대의 늙디 늙은 노부인이었다. 하지만 여전히 내가 알고 있는 멋진 여성이기도 했다. 그 후 2년 정도 더 외할머니는 맑은 정신을 유지했기 때문에 우리의 대화는 여전히 만족스럽게 계속되었다.

월요일이었다. 내가 퇴근하기 전에 지점 업무와 관련된 일을 정리하고 있을 때였다. 외할머니가 그 전날 밤 자다가 돌아가셨다는 전화가 왔다. 온 세상이 내 아래에서 무너지는 기분이었다. 나는 사무실 문을 닫고 책상에 엎드렸다. 내가 그토록 사랑했던 외할머니를 잃어버린 슬픔과 상실감 때문에 오열하기 시작했다. "할머니, 할머니, 할머니!" 팔에 얼굴을 묻고 울부짖었다.

일을 서둘러 정리했다. 눈이 퉁퉁 부어 시야가 흐려졌다. 너무 슬퍼 생각도 제대로 할 수가 없었다. 나는 은행을 떠나기 전에 우편함 앞에서 멈춰 섰다. 형식적으로 내 앞으로 온 편지와 고지서들을 휙휙 넘기다가 놀라서 멈췄다. 그중에 외할머니가 보낸 편지가 있었다. 외할머니는 금요일에 편지를 부쳤고, 일요일 저녁에 자다가 자연스럽게 돌아가셨다. 편지를 가슴에 품자 슬픔과 기쁨의 눈물이 다시 펑펑 흘렀다. 나는 오열하면서도 한편으론 웃었다.

나는 외할머니와 함께 나눴던 사랑과 다가올 죽음에 대해 솔직하게 이야기할 수 있었던 것에 너무 감사했다. 우리가 얘기하지 않은 것은 거의 아무것도 없었다. 나는 외할머니를 사랑했고, 외할머니도 나를 사랑했다. 우리는 그 사실을 잘 알았다. 외할머니가 내게 쓴 아름다운 글씨들을 보자니, 그녀의 사랑이 더욱 진하게 느껴졌다.

"사랑하는 아가야, 너를 정말 사랑한단다. 너는 늘 내 마음속에 있단다. 네가 어딜 가든 행복이 함께하길 바래. 사랑해. 할머니가."

외할머니가 죽기 전에도 그녀가 곧 영원히 떠나리라는 것을 알고 있었을 거라는 사실이 나를 울렸다. 그런데 정말 외할머니가 돌아가셨다. 당연히 울고 또 울었다. 하지만 거기엔 평화가 있었다. 모두가 결국 맞닥뜨리게 될 죽음에 이미 우리가 솔직하고 열린 마음으로 직면했기 때문일 것이다. 그 평화는 계속 나와 함께했다. 내 책상에 놓인 액자 속에서 외할머니가 나를 향해 웃어주었다. 요즘에도 외할머니가 정말 그리운 날이 있다. 나는 솔직함이 우리의 관

계를 아주 특별하고 긍정적으로 발전시켰다는 사실에 한 치의 의심도 없다. 그리고 그런 관계는 나라는 인간을 가능한 최선의 방향으로 끌고갔다.

하지만 나의 소중한 환자인 요제프의 경우에는 쉽지가 않았다. 지금 솔직함은 그와 그의 가족에게 너무 고통스러운 것이었다. 나는 그가 느낄 너무나 큰 고통과 좌절에 마음이 쓰였다. 나는 그가 과거에 겪었을 끔찍한 경험을 상상하는 것은 지금도 싫다. 기젤라는 계속 많은 양의 음식을 들고 와서 요제프에게 먹으라고 권했다. 그는 그녀에게 부드럽게 미소 지으면서 매번 음식을 거절했다. 저녁에 다른 간병인이 왔지만, 내가 책임 간병인이었다. 우리는 이제 서로를 잘 알았고, 그만큼 그는 편안해졌다. 그리고 적어도 내게만은 열린 마음을 가질 수 있게 되었다.

내가 다른 간병인으로 교체된다는 말을 듣고, 놀랐고 슬펐다. 그의 아들이 간병인의 보수에 대해 불평을 계속 해오던 터였다. 그에게 아버지에게 남은 시간이 겨우 1~2주 정도밖에 되지 않는다고 아무리 설명해도 소용없었다. 하지만 그는 아버지가 계속 살 수 있다면서, 다른 계획을 짜기로 했다. 더 적은 보수를 받고 이 일을 하고 싶어 하는 불법 간병인을 고용하려 했다.

기젤라에게 아들을 설득해보라고 애원했다. 하지만 그것도 소용없었다. 그들의 생각은 이미 정해져 있었다. 다른 곳에서 나를 기다리는 일도 있었다. 사실 정말 중요한 것은 요제프였다. 요제프가 드디어 나와 터놓고 이야기할 수 있게 되었고, 나와 편해졌다는 것이 중요했다. 그에게 남은 1, 2주 동안에 가장 우선시되어야 할 것은 그의 행복이어야 했다. 특히 요제프가 호흡에 문제가 생겨 말을 하기 어려워하기 때문에, 다른 간병인이 오는 게 얼마나 비인격적인지 생각하고 싶지도 않았다. 나는 새로운 간병인도 가여웠고, 그들이 환자와 어떻게 의사소통할지도 걱정됐다.

하지만 이 문제는 나의 손을 떠났고, 결국 이런 일도 요제프 인생의 여정 중 일부라 믿어야 했다. 여기에 또 다른 교훈이 있을지 어떻게 알겠는가? 우리는 인생이 돌아가는 커다란 그림에 대해선 아는 게 거의 없다. 그러므로 포옹과 말보다 더 많은 것을 담고 있는 웃음으로 요제프와 작별인사를 했다. 마지막으로 침실 문 앞에 멈춰 서서 그를 다시 보았다. 사실 아무것도 말하지 않았지만, 많은 것을 말하며 우리는 예전처럼 서로에게 미소 지었다. 그리고 드디어 떠나야 할 시간이 되었다. 차를 몰고 그의 집을 떠나오면서, 지금쯤 그가 창문 밖을 빤히 쳐다보며 생각에 잠겨 있을 것이라 생각하니, 눈물이 흘렀다. 이렇게 뜻하지 않게 교체당하는 힘든 일도 있지만, 그래도 간병인으로서 보람을 느낄 때가 더 많았다. 다른 일을 했다면 한 번도 만날 수 없었던 사람들을 만나 그들과 인생을 공유하며 교훈을 얻는 큰 기쁨이 있기 때문이었다.

일주일 후 요제프의 손녀딸이 전날 밤 요제프가 죽었다고 전화를 했다. 그의 입장을 생각하니, 오히려 나는 기뻤다. 그는 회복될 수 없는 상태에 이르렀고, 다 나빠지는 과정만 남아 있었다. 이것이 최선이었다. 모든 상황을 돌아보니, 축복만이 있었다. 요제프와 같은 소중한 사람들이 죽기 전에 전해주는 교훈을 듣는 것은 인생이 주는 귀한 선물이었다. 우리는 모두 언젠가는 죽는다. 죽지 않기로 선택할 수는 없다. 하지만 살아 있는 동안은 어떻게 살아야 할지를 선택할 수 있다.

요제프가 감정을 드러내지 못하고 비통해하는 것을 보면서, 나는 항상 내 감정들을 다른 사람들과 함께 나누기 위해 용기를 내야겠다고 생각했다. 나는 개인적인 사생활의 벽들을 서서히 무너뜨렸다. 그리고, 우리가 왜 마음을 열고 솔직해지는 것을 두려워하는지 궁리해보았다. 그것은 솔직함에서 비롯되는 고통을 피하기 위해서이다. 하지만 우리가 만든 그러한 벽들도 고통을 만든다. 다른 사람들이 우리가 진정 누군지 알지 못하게 하기 때문이다. 요제프는 자신이 누구인지 알아주고 이해해주는 사람 없는 인생을 후회하며 울었다. 그때 이 훌륭한 노인의 눈에서 떨어지는 눈물을 보며 나는 완전히 변했다.

요제프의 죽음을 알려준 전화를 받고, 나는 그 상황을 받아들이며 해안가 공원으로 나갔다. 벤치에 앉아 여기저기서 뛰놀고 있는 아이들을 바라보았다. 나는 아이들이 그들의 감정을 자연스럽게 공유하는 과정을 지켜보았다. 아이들은 누군가를 좋아하면 좋아한다고 말한다. 슬프면 울며 그 감정을 드러낸다. 아이들은 오히려 어떻게 감정을 억눌러야 하는지 모른다.

어른들은 배타적이고 서로 고립된 채 살아가는 사회를 만든다. 하지만 아이들은 쉽게 감정을 표현하고, 기뻐하며 함께 일한다. 하지만 어른이 되면서 이렇게 완전히 열려 있던 마음을 차츰 닫아간다. 하지만 이런 사실은 나에게 희망도 주었다. 우리가 한때 그렇게 지냈다면 앞으로 다시 그렇게 지내지 말라는 법도 없지 않겠는가?

나는 그날 해변의 공원에서 확실히 결심했다. 내 소중한 환자 요제프가 후회했던 것처럼 그런 삶을 살지 않을 것이다. 좀더 용감하게 나의 감정들을 더 표현하며 살 것이다. 내 마음을 감추고 있는 벽들은 이제는 필요가 없어졌다. 드디어 그 벽들을 허무는 작업을 시작할 시간이 되었다.

감정에 충실하면,
죄책감은 없다

포근한 잠을 깨우는 벨이 울렸다. 서둘러 양말을 신고, 가운으로 몸을 감싼 후 주드를 보러 위층으로 향했다. 주드는 다리가 아프니 자세를 바꾸어 달라고 했다. 그녀의 말을 처음 듣는 사람은 전혀 알아듣지 못했다. 아니, 어느 정도 훈련이 되어야만 알아들을 수 있었다. 나도 처음엔 꿀꿀거리는 소리로만 들렸다. 몸이 좀 편해졌는지 주드가 웃었다. 나는 램프를 끄고 좋은 꿈을 꾸라고 말한 뒤, 다시 내 침대의 안락함 속으로 다시 돌아갔다.

주드는 입소문을 듣고 내게 간병을 부탁했다. 작곡 모임에서 알고 지내던 사람이 내가 간병인으로 일하는 것을 알고 소개해주었다. 내가 그동안 돌본 환자들은 대부분 나이가 아주 많거나 최소한 중년을 지난 사람들이었다. 거의 암과 관련된 병으로 죽어가고 있었다. 물론 그렇지 않은 경우도 있었다. 주드의 병은 운동 뉴런증이었고, 고작 44살이었다. 그녀의 남편과 적갈색 곱슬머리와 귀여운 미소를 지닌 9살 먹은 딸은 주드처럼 사랑스럽고 멋진 사람들이었다.

내가 그녀의 간병인이 되었을 때, 주드와 남편은 요양기관에서 늘 다른 간병인들을 번갈아 보내주는 데 질려 있었다. 주드는 꽤 구체적으로 많은 요구를 하는 환자였다. 무엇보다 알아듣기 어려운 그녀의 말을 이해하고, 편안하게 해줄 사람이 필요했다. 그래서 늘 그녀 곁에 있어 줄 한 명의 주 간병인을 구하는 게 최우선이었다. 다른 간병인들은 내가 쉴 때를 대비해 시간제로 고용되었다. 다행히도 그때 난 그럼 사람들을 훈련시키는 데 필요한 충분한 경험을 쌓은 뒤였다. 주드가 몸을 거의 움직일 수 없게 되자, 우리는 그녀를 휠체어나 침대로 옮길 때 수압 호이스트 같은 도구를 써야 했다.

나는 주드의 신체적 능력이 매일 떨어지는 것을 지켜보았다. 좀 더 시간이 흐르자, 그녀가 웅얼거리는 소리는 나도 거의 해석할 수 없을 정도로 불분명해졌다. 그나마 그녀가 아직 꽤 이야기를 잘할 수 있을 때 돌보게 된 것에 감사했다.

주드는 아주 부유한 집안 출신이었다. 젊었을 때는 좋은 집안에 시집가서 그녀에게 요구되는 인생을 살도록 큰 압박을 받았다. 부모님이 그녀에게 사준 첫 번째 차는 대부분 사람들의 연봉을 뛰어넘을 만큼 비싸고 호화로운 모델이었다. 그녀는 20대 중반까지만 해도 평범한 백화점에는 한 번도 간 적이 없었다. 늘 유명한 디자이 너의 옷만 입었다. 이 모두가 부유한 양육 환경 덕택이었다.

하지만 그녀는 창의적이고 매우 견실한 사람이었다. 소박한 인생이 그녀가 바랐던 전부였다. 하지만 그녀의 부모님은 그녀가 대학에서 경제나 법을 공부하도록 강요했다. 미술을 공부하고 싶다고 잠깐 말한 적도 있었지만, 딸의 그런 소망은 안중에도 없었다. 그래서 주드는 부모님의 압박과 기대를 한몸에 받으며 법을 선택했다. 언젠가 부모님들이 돌아가시면, 미술 또는 사회복지 같은 더 좋은 일을 위해 법 지식을 쓸 수 있겠다는 생각에서 그런 것이었다. 하지만 일은 그렇게 생각대로 풀리지 않았다. 아버지는 지병으로 이미 돌아가셨고, 자신은 엄마보다 먼저 세상을 떠나게 생겼다. 무엇보다 그녀는 이제 더는 일을 할 수 없었다.

미술을 사랑한 그녀는 예술가인 에드워드와 사랑에 빠졌다. 그들은 둘 다 첫눈에 끌렸고, 그 이후로 긴 세월이 흐르는 동안에도 그 감정은 여전히 지속되었다. 비록 둘 다 처음에는 조금 부끄러워했지만, 서로에게 강하게 끌렸기 때문에 자신감을 가지고 용기를 낼 수 있었다.

곧 주드와 에드워드는 사랑에 빠졌다. 그들이 서로의 세계가 되자 다른 모든 세상은 사라졌다. 하층 계급에서 자란 에드워드는 소박한 삶을 살며 예술을 추구하고 있었다. 주드의 부모님은 그런 에드워드를 선택한 딸에게 충격을 받았다. 사실 에드워드는 꽤 성공한 예술가였지만 사무직이나 전문직 종사자가 아니었다. 게다가 주드만큼 부자인 부모도 없었고, 본인도 부자가 아니었다. 주드의 부모님은 이런 에드워드에게 절대 만족할 수 없었다.

슬프게도 주드는 부모님과 에드워드 중 한쪽을 선택해야 했고, 그녀는 에드워드를 선택했다. 그녀는 사실 결정 내릴 필요도 없는 일이었다고 말하며 웃었다. 그녀는 에드워드가 그러하듯이 그를 진심으로 사랑했다. 그리고 그런 사랑의 대가로 가족들로부터 완전히 배척당해야 했다. 처음엔 몇 명의 친한 친구들이 남아 있었다. 하지만 그녀는 이전과는 다른 세계로 나아갔다. 더 행복하고, 더 넓은 세계에서 새롭게 찾아온 우정을 즐겼다.

몇 년 후, 주드와 에드워드 사이에서 딸 라일라가 태어났다. 그녀는 라일라에게 외할머니와 외할아버지가 있다는 사실을 알려주고 싶었다. 그래서 부모님과 화해하려고 많은 노력을 했다. 주드의 아버지는 결국 현실을 받아들였다. 죽기 전에 사랑하는 손녀딸을 만나며 좋은 추억을 만들 수 있었다. 주드와 아버지의 관계 역시 좋아졌다. 하지만 에드워드에 대해선, 한낱 예술가가 딸의 마음을 가져갔다는 생각에 계속 속상해했다. 아버지가 그들에게 항구 근처의 집을 사준 것도 모두 손녀 딸 라일라에 대한 사랑 덕분이었다. 물론

주드의 엄마는 여전히 딸을 용서하지 않았다.

주드에게 병세가 뚜렷이 나타나기 전까지는 모든 일이 잘 풀렸다고 했다. 주드와 에드워드 모두 한결같이 그렇게 말했다. 하지만 난 주드가 아프지 않다 해도 그들의 삶이 순조롭게 잘 풀린 것인지 의심스러웠다. 그들은 서로 떼어놓을 수 없는 사이였고, 감동적인 사랑을 했다. 그런데 어딘지 지켜보는 내 마음을 애처롭게 하는 그런 구석이 있었다. 두 사람 모두 내 나이 또래에 지나지 않은데도, 너무 가슴 아픈 일을 많이 겪고 있었다.

주드와 나는 몇 시간 동안이나 깊고 솔직한 대화를 나누었다. 40대 중반도 되지 않아 죽음을 받아들여야 하는 것도 우리가 나눈 대화의 주제 중 하나였다. 우리는 누구나 영원히 살 것처럼 행동하기 쉽다. 하지만 인생은 그렇지 않다. 몇몇은 인생의 풍파를 겪은 뒤 아직 젊은 나이에 세상을 뜬다. 열매를 맺기도 전에 꽃이 떨어지고, 최대의 잠재력을 펼치기도 전에 죽음에 끌려간다. 또 어떤 사람들은 한창때를 누리다가 인생의 절정에서 사라진다. 물론 전성기를 누리고 나서도 살아남은 사람들은 서서히 죽음을 향해 사그라져 간다.

흔히 전성기를 누려보지도 못하고 떠난다는 말이 있다. 하지만 사실은 그렇지 않다. 우리는 모두 우리의 때가 되면 떠날 뿐이다. 누구나 다 오래 살 운명을 타고나지는 않는다. 우리가 마치 영원히 살 것처럼 행동하거나, 적어도 아주 늙을 때까지 살 것이라고 생각하기 때문에 젊은 사람이 죽었을 때 너무나 큰 충격을 받고 절망한다. 하지만 사실 그런 죽음도 인생의 자연스러운 부분이다. 어떤 사람은 젊어서 죽고, 어떤 사람은 중년의 나이에 죽고, 어떤 사람은 아주 늙을 때까지 살다 죽는다. 물론, 그들의 앞에 아직 펼쳐질 시간이 많은데, 젊은 사람이 세상을 떠나는 것을 보면 가슴 아프다.

내 친구 중 몇 명은 어린 자녀를 잃었다. 나도 그들과 함께 슬퍼했고, 그 슬픔은 여전히 남아 있다. 하지만 그 아이들은 원래 그렇게 긴 인생을 살기 위해 태어난 것이 아니었다. 그들은 세상에 와서 짧은 시간 동안 밝게 빛나면서 모두에게 전해준 순수성으로 기억될 그런 존재였다.

주드는 40대에 들어설 때까지만 해도 건강했다. 하지만, 이제 겨우 44살인데 죽어가고 있다. 이렇게 좋은 사람이 이렇게 젊은 나이에 죽어야 한다면, 부당하다고 여길 수도 있을 것이다. 하지만 그녀와 에드워드는 두 사람이 만나서 진정한 사랑을 알게 된 것만으로도 감사하고 죽음을 받아들이기로 했다. 그들은 또 라일라를 세상에 데려오는 복을 누렸고, 그 애를 9년이나 키우는 영광을 누린 것에도 감사했다. 물론 그 애가 숙녀가 되었을 때 옆에 있어 주지 못하고, 라일라가 엄마를 잃는 고통을 겪는다고 생각하면 마음이 아팠다. 하지만 아빠가 딸 곁에서 사랑으로 지켜줄 것이라는 사실은 주드에게 많은 힘을 주었다.

이제 주드는 거의 움직이지 못했다. 무엇보다 말을 제대로 할 수 없게 되어 힘들어했다. 내가 침대에서 그녀의 자세를 바꿔주던 날 저녁에 그녀는 특유의 꿀꿀거리는 소리로 말했다. 고통을 느끼면서도 고통스럽다고 표현하지 못한 채 가만히 누워 있게 될까봐, 그게 너무 두렵다고.

나는 얼마나 우리 인생이 힘들어질 수 있는지, 또 사람마다 거쳐야 할 인생 수업이 얼마나 다양한지를 잠깐 생각했다. 의식은 있지만 의사소통할 수 없는 상태로 누워서 몇 주, 혹은 몇 달을 지내야 한다면, 얼마니 끔찍한 시간인가! 게다가 고통스러워하며 누워 있는데, 아무도 그 고통을 몰라준다면! 아니면, 그것을 덜어주거나 가라앉힐 수 있는 방법을 모른다면! 이것은 뇌에 상해를 입거나 뇌와 관련된 질병에 걸린 전 세계의 모든 사람들에게도 일어날 수 있는 일일 것이다. 얼마나 기막힌 일인지! 이런 상상은 나 자신의 삶을 좀더 폭넓은 시각에서 돌아보게 만든다.

매일 주드의 언어능력은 점점 더 쇠퇴했다. 그래도 어떤 날은 꽤 잘 알아들을 수 있었다. 또, 어떤 날에는 우리가 서로를 잘 알고 내가 직관적으로 느끼며 일했기 때문에 그녀의 말을 알아들을 수 있었다. 주드는 때때로 그녀의 특별한 컴퓨터 프로그램을 사용하는 것에 의지했다. 그녀가 쓰는 안경 사이에서 나오는 특수 레이저가 컴퓨터 화면의 글자에 닿았다. 주드는 글자가 입력될 때까지 충분히 글자 위에서 멈추었다가 다음 글자로 넘어갔다. 이것은 분명히 느린 작업이었지만, 적어도 그녀가 하고 싶은 말이 무엇인지는 알게 해주었다. 나는 이런 프로그램을 개발해서 그녀에게 말을 할 수 있게 해준 사람에게 감사했다. 하지만 주드가 머리를 움직일 수 없어 이것조차 불가능해지면, 그녀와 영원히 이별해야 될 때가 머지않아 다가올 것이다.

주드의 상태가 좋은 날에는, 나는 그녀의 이야기를 최대한 많이 들어주었다. 그녀는 하고 싶은 이야기가 아주 많았다. 그녀가 말하는 중간중간 한 번씩 주스를 빨 수 있도록 그녀의 입술에 주스 컵을 갖다 대고 기다렸다. "우리는 감정을 솔직히 표현할 수 있을 만큼 용감해야 해요." 그녀가 말했다. 나의 지금까지의 여정을 생각해보았을 때, 정확히 맞는 말이라고 생각했다.

비록 에드워드를 선택하면서 모녀 관계를 잃었지만, 그녀는 적어도 후회하지 않을 선택을 할 정도로 용감했다. 하지만 그녀는 엄마가 계속 마음에 걸렸다. 그녀는 엄마로서 딸인 주드를 제대로 안 적이 없었다. 그래서 그녀는 지금 엄마와 솔직히 감정을 나누길 간절히 원하고 있었다. 어쩌면 그런 기회가 절대 오지 않을 수도 있다고 생각하고, 주드는 며칠 전부터 엄마에게 편지를 썼다. 이 편지는 에드워드의 사무실 서랍에서 전달될 날만을 기다리고 있었다. 주드의 엄마는 딸의 병에 대해 알고 있었다. 하지만 아직도 완고하게 딸을 용서하지 않았고, 죽어가는 딸을 찾아오지 않았다.

"우리는 이제 감정을 표현하는 것을 배워야 해요." 주드가 강조했다. "너무 늦기 전에 말예요. 우리 중 아무도 너무 늦은 순간이 언제가 될지 몰라요. 사람들에게 그들을 사랑한다고 말하고, 감사하다고 말해야 해요. 만약 그들이 당신의 솔직함을 받아들이지 못하거나, 당신이 바라던 대로 반응하지 않아도 상관없어요. 중요한 것은 당신이 그들에게 말했다는 그 사실이에요."

주드는 남아 있을 사람들은 물론이고, 떠나가는 사람들에게도 이것은 중요하다고 말했다. 떠나가는 사람들도 모든 것을 다 말했다는 사실을 알아야 한다. 그래야 평화가 있다. 만약 남겨진 사람들도 그들의 감정을 솔직히 표현하는 용기를 발휘한다면, 사랑하는 사람들이 죽을 때 후회가 남지 않을 것이다. 만약 그렇지 않으면, 그들이 하지 못했던 말 때문에 평생 죄책감에 시달리며 살지도 모른다.

주드가 이런 생각을 하게 된 결정적인 계기는 일 년 전에 예기치 않게 친구를 잃은 뒤부터였다. 이것은 그녀의 세계관을 뒤흔들어 놓았다. 트레이시는 아주 사교적이고 열정적인 사람이었다. 그녀는 마음이 넓었고, 다른 사람을 판단하지 않는 겸손함 때문에 많은 사람으로부터 사랑받았다.

"바쁘게 살다보면, 가족이든 친구든 사랑하는 사람과 그런 시간을 보내지 못하기 쉬워요. 하지만 우리는 관계를 소중히 여기면서 솔직해져야 해요. 그렇지 않으면, 자신이 죽기 전이나 다른 사람이 죽은 후 죄책감에 시달리며 살게 돼요." 주드가 말했다.

그녀는 감정을 표현하고, 사랑하는 사람들과 시간을 보내는 데 최선을 다한다면, 죄책감을 느낄 일은 없을 것이라 했다. 하지만 우리는 사랑하는 사람이 평생 곁에 있을 것이라고 생각해선 안 된다. 이별의 순간은 어느 날 갑자기 찾아온다고 그녀가 내게 상기시켜 주었다. 주드는 다행히 트레이시에게는 작별인사를 할 수 있었던 것에 감사했다. 하지만 모든 사람이 마지막 순간이 오기 전에 자신의 감정을 표현할 수 있는 축복을 받는 것은 아니라고 강조했다. 사실상 너무 많은 사람들이 갑자기 떠나기 때문에 이런 축복을 받지 못한다.

비록 에드워드에게 느낀 사랑을 표현한 대가로 엄마와의 관계를 망쳤지만, 주드는 용기 있게 솔직할 수 있었던 것에 기뻐했다. 그녀는 에드워드와 아직도 나누고 있는 크나큰 사랑을 포기한 인생은 상상하기도 싫다고 했다. 또, 자신의 마음에 솔직한 덕분에 평화를 누리고 있었다. 그녀는 에드워드를 선택하면서, 그때까지 얼마나 부모님, 특히 엄마의 지배를 받으며 지냈는지 알게 되었다. 만약 지배에 기초한 관계라면, 어떻게 그들 사이에 진정으로 건강한 사랑이 싹틀 수 있을까? 만약 지배 관계를 계속 유지해야 한다면, 그녀는 그런 관계 없이 지내는 게 훨씬 나을 거라고 말했다.

주드는 엄마와 대화하려고 시도했기 때문에, 죄책감 없이 죽을 수 있을 것 같다고 말했다. 그녀는 자신의 감정을 솔직히 표현할 용기가 있었다. 감사하게도, 그녀의 친구 트레이시와의 관계도 마찬가지였다. 트레이시를 잃은 충격은 아주 컸지만, 항상 솔직하게 그녀를 대했기 때문에 죄책감을 느끼지 않아도 되었다. 트레이시를 잃기 고작 며칠 전에 그들은 점심을 함께했다. 서로 끌어안으며 작별인사를 할 때, 트레이시에게 얼마나 그녀를 사랑하고, 그들의 우정이 얼마나 소중한지를 말했다.

하지만 트레이시의 가족이나 다른 친구들은 대부분 그렇지 않았다. 모두 트레이시가 그렇게 갑자기 떠나리라곤 상상도 못했다. 늘 곁에서 밝게 웃어줄 것 같은 그런 사람이었다. 그런데 갑작스러운 교통사고가 그녀의 생명을 앗아갔다. 그 후 1년이나 흐른 당시까지도 주드의 친구들은 충격과 미처 해주지 못한 말에 대한 죄책감 때문에 괴로워했다.

"트레이시는 친구들의 인생을 변화시켰지만, 그녀에게 이 사실을 제대로 말해준 사람은 없었어요. 그녀는 그런 확인을 필요로 하는 사람이 아니라고 생각했기 때문이에요. 하지만 트레이시가 죽고 나서 그녀에 대한 감정을 솔직하게 표현하려는 노력이 부족했다는 것을 깨달아야 했어요. 그때부터 죄책감에 시달리며, 좀더 다르게 대하지 못했던 것을 후회했죠." 나는 주드가 말하려는 게 무언지 잘 이해할 수 있었다. "또." 주드가 말을 이어갔다. "비록 트레이시는 확인할 필요가 없었지만, 친구나 가족들의 격려를 들었으면 훨씬 행복했을 거예요. 모두들 그렇게 해주지 못한 걸 정말 후회했어요."

나는 인간관계에서 감정을 솔직하게 나누는 게 중요하다는 그녀의 말에 동의했다. 그것은 지나온 삶이 나에게 분명히 알려준 교훈이기도 했다. 하지만 주드와 이야기를 나누면서 더욱 확실해졌다.

주드의 입에서는 때때로 침이 흘렀고, 옷은 유행을 따르기보단 실용적이어야 했다. 하지만 그녀는 아직도 품위가 배어 있는 아름다운 여성이었다. 그녀의 영혼과 한때 그녀가 유지했던 아름다움의 잔재들이 여전히 빛을 발하고 있었다. 나는 웃으며 그녀의 말에 동의했고, 내 생각도 이야기했다. "그래요. 너무 많은 것들이 자부심과 무관심 또는 보복과 굴욕의 두려움 때문에 제지당하죠. 하지만 감정을 솔직히 표현하려면, 때때로 많은 용기가 필요하기도 해요. 그리고 우리가 항상 그런 것들을 다 이겨낼 만큼 강한 것도 아니지요."

"그래요, 용기가 필요해요. 브로니." 주드가 계속 말했다. "내가 말하고 싶은 게 바로 그거예요. 감정을 표현하려면 용기가 필요해요. 특히 도움이 필요하거나, 사랑하는 사람에게 솔직한 마음을 표현한 적이 없어 어떻게 받아들여질지 모를 때 말이죠. 하지만 당신의 감정을 나누는 연습을 많이 할수록 그게 무엇이든 간에 상황은 더 좋아져요. 자존심은 시간낭비일 뿐이에요. 솔직히 지금 나를 봐요. 볼일 보고 난 후 뒤처리도 혼자 못 해요. 그게 무슨 상관이에요? 우린 다 인간이잖아요. 우리는 나약해도 되요. 이것은 다 살아가는 과정의 일부거든요."

주드를 만나기 전까지 나는 특히 힘든 시간을 보냈다. 나는 감정을 나누는 것이 때때로 얼마나 힘든지에 관련된 이야기들을 주드와 나누고 싶었다. 간병일이 잠시 동안 뜸한 적이 있었다. 이 일은 한꺼번에 몰려오거나, 아예 없거나 했다. 일이 없으면 작곡 같은 창의적인 일을 위해 연습할 시간이 생겨 좋기는 했다. 하지만 거의 두 달 동안 아무 일도 없자, 점점 힘들어지기 시작했다. 내가 번 돈은 거의 작곡과 관련된 일에 썼기 때문에 남은 돈이 얼마 없었다. 하지만 예전에도 이렇게 빠듯하게 살았던 적이 있었기 때문에 크게 동요하진 않았다.

집을 봐주는 일도 마찬가지로 있었다 없었다 했다. 가끔 나는 언제 주인이 돌아올지는 알지만, 그다음에 가야 할 곳이 반드시 미리 예정되지는 않았다. 때로 길거리에 나앉게 된 순간에 집이 나타나기도 했다. 나 자신이 강했을 때에는 이런 위험과 흥분을 꽤 즐겼다. 분명 그 순간 아드레날린이 분출되었다. 종종 누군가가 갑자기 일이 생기는 바람에 허둥지둥 떠나야 할 때 내게 전화해서 내일부터 집을 좀 봐줄 수 있냐고 물어보는 일이 생겼다. 이런 전화를 받고나면 안도감에 한숨을 크게 쉴 때도 있었다, 그쪽도 집 봐줄 사람을 찾느라 다급했겠지만, 나도 당장 머물 곳을 찾느라 마음을 졸이고 있었기 때문이다.

입소문으로 단골 고객들이 생기자, 내가 시간이 빌 때를 놓치지 않기 위해 그들끼리 네트워크를 만들기도 했다. 그래서 그들은 한 친구가 집으로 돌아오는 그날, 다른 친구를 봐줄 수 있게 서로 협력해서 여행 계획을 짜기도 했다. 이런 경우 나는 몇 달 동안 미리 예

약이 되어 있었다. 당연히 나는 이것이 좋았다. 살 곳이 정해지면 인생을 훨씬 쉽게 살 수 있기 때문이다.

하지만 집을 봐주는 사이사이에 며칠 또는 몇 주 정도 다른 돌볼 곳을 찾지 못할 때도 있었다. 그럴 때면 나는 도심을 떠나 근교에 사는 지인들을 방문하면서 휴식을 즐겼다. 만약 내가 떠나고 싶지 않은 특별한 일이 생기면 잠깐 동안 친구네 집 남는 방이나 소파에서 신세를 졌다. 처음에는 이것이 꽤 쉬웠다. 하지만 이렇게 몇 년이 지나자, 친구들에게 내가 폐를 끼치는 것 같아 두려웠다. 물론 내 친구들은 그렇지 않다고 했다. 그들은 나를 도와주려 했고, 어차피 오래 머물지 않을 것이라는 사실을 잘 알고 있었다. 내가 몇 년 전에 정착해서 지낼 때는 집에 항상 방문객이 머물고 있었다. 하지만 나는 항상 그렇게 다른 사람에게 주는 것이 받는 것보다 마음 편했다. 받기를 배우는 것은 내게 어려운 일이었다.

언제부터인가 친구들에게 잠깐 머물러도 되냐고 물어볼 때마다 절망적인 느낌이 들었다. 내게 상처준 사람들에 대한 동정심을 가질 만큼 과거의 상처들을 해결했지만, 아직도 스스로의 생각을 바꾸는 데에는 큰 아픔과 노력이 따랐다. 수십 년간 만들어진 부정적인 생각의 틀에서 벗어나 나를 바꾸는 것은 느린 과정이었다. 좋은 생각의 씨앗들이 새롭게 싹을 틔웠지만, 오래된 나쁜 생각들을 다

뿌리 뽑지는 못했다. 그것들은 때때로 여기저기서 자랐다.

　이런 상황에서, 오래 전에 일거리가 끊겼고 돈은 거의 다 떨어졌다. 나는 다시 절망에 빠졌다. 어쩔 수 없이 가장 친한 친구에게 전화를 걸어 지낼 수 있냐고 물었다. 하지만 그녀에게 무언가 일이 생겨 불가능했다. 전혀 나와 관련된 일 때문이 아니었다. 그녀의 일과 그녀 자신의 인생과 관련된 문제였다. 하지만 이 거절은 그때 내 감정 상태 때문에, 완전한 나에 대한 거절처럼 느껴졌다. 또 그녀를 거절할 수밖에 없는 난처한 상황으로 밀어넣은 나 자신이 미웠다. 나는 마지못해 다른 몇몇 친구들에게도 전화를 걸었다. 한 친구는 멀리 떠나 있었고, 다른 한 친구는 이미 집에 다른 손님이 머물고 있었다. 마지막으로 전화한 친구는 집중해야 되는 프로젝트를 진행 중이라 나를 받아줄 수 없었다. 돈을 빌리지 않고는 다른 도시로 움직일 수도 없는 상황이라 더욱 비참했다. 결국 내 차에서 자기로 결정했다.

　이것은 내가 지프차를 몰며 여행을 다녔던 때의 일이 아니었다. 사실 그땐 차의 뒷좌석에 있는 편안한 침대보다 더 좋아하는 잠자리는 없었다. 하지만 당시 내 차는 경차였다. 뒷좌석에 누우면 다리조차 펼 수 없어, 그곳에서 별로 자고 싶지 않았다. 사생활을 지켜줄 커튼도 없었고, 게다가 계절은 한겨울이었다. 노출된 도시의 거리에서 잔다는 것도 꽤 걱정이었다. 하지만 막상 잘 곳을 구할 희망이 없는 사람이라면 이런 불편 정도는 감수해야 한다고 생각하며 단념했다.

어두워지기 전에 차를 몰고 다니면서, 비교적 안전한 장소 몇 군데를 확인했다. 또 근처에 화장실이 있는지도 고려해야 했다. 한밤중에 남의 잔디에 볼일을 봐서 사람들을 놀라게 하며 주목받고 싶지는 않았다.

머물 곳이 없고 다른 사람 눈에 띄지 않으려 노력할 때, 삶은 참 지루하다. 해가 뜨면 잠에서 깨 비켜주어야 하고, 모든 사람들이 집으로 돌아갈 때까지 내 쉴 곳을 마련할 수도 없다. 물론 그때까지 어디 가서 기다릴 만한 마땅한 장소도 없다. 이 생활은 정말 하루를 길게 느껴지게 만든다. 밤에는 아주 불편하고 아플 정도로 춥고 외롭다.

어느 날 난 카페에 가서 차 한 잔을 시켜 놓고 음악을 들으며, 최대한 늦게까지 머물렀다. 마치 랄프 맥텔의 노래 '런던의 거리'에 나오는 노인이 된 기분이었다. 그 노인은 계속 카페에 있으려고 차 한 잔을 시켜놓고, 최대한 천천히 마셨다. 내가 기타를 배울 때 처음으로 쳤던 노래들 중 하나였다.

동틀 녘이면 해변의 의회 화장실로 가 문이 열릴 때까지 기다렸

다. 그리고 의회 직원의 눈총을 참으면서 세수하고, 이를 닦고, 화장실을 사용했다. 의회 직원이 나를 나쁘게 보는 것 같아도 신경 쓰지 않았다. 내가 생각하는 나 자신보다 더 나쁘게 볼 수는 없을 것 같았기 때문이었다. 그때 난 내가 생각하는 나 자신에 대해 고민하는 것으로도 벅찼다. 물론 죽어가는 사람들을 돌보며 다른 사람이 나를 어떻게 보는지에 대해 너무 신경 쓰지 말아야 한다는 깨달음을 얻은 후이기도 했다.

어떤 날 밤에는 '배고픈 사람들에게 밥을'이라는 자선 단체 행사를 찾아갔다. 사실 내게 돈이 있을 때는 항상 너그러운 편이었다. 그래서 가끔 10달러나 20달러를 그 단체의 모금함에 넣었다. 하지만 이제 내가 그 단체의 도움을 받자니 더욱 아이러니했다. 나는 그 단체가 좋았다. 채식주의자들이 모인 단체였고, 행복한 음악을 연주했고, 배고픈 사람들을 먹였다. 그것으로 내겐 충분했다. 하지만 막상 그들의 도움을 받는 처지가 되자 오히려 더 비참했다.

그러던 어느 날 아침, 나는 항구 근처의 바위에 앉아 힘, 끈기 그리고 기적을 달라고 기도했다. 바로 그때 돌고래 떼가 왔고, 한 마리가 장난치느라 물 밖으로 뛰어오르며 몸을 뒤집었다. 그때까지 정말 무겁게만 느껴지던 인생이 좀 가벼워진 기분이었다. 내게 다시 약간의 희망이 생겼다. 나는 그때 멀리 사는 몇 명의 친구들을 생각해냈고, 내가 지낼 수 있는지 전화해보기로 결정했다. 그들은 항상 따뜻한 사람들이었다. 하지만 절망이 나를 더는 다른 사람들에게 도움을 요청하지 못하게 방해했다. 심지어는 그런 사람들이 있다는 사실을 생각조차 못하게 만들었다. 그 사람들에게 솔직하게 "나도 이런 내가 싫어. 하지만 잠시 동안만 가서 지내면 안 될까?"라고 말할 수도 있었는데, 내 감정을 표현할 용기가 없었다.

그래서 희망이 생기자, 항구 주변을 산책하며 친구들에게 전화를 걸어야겠다고 생각했다. 그때 전화가 울렸다. 전화를 건 사람은 에드워드였다. 그는 아내인 주드의 간병을 바로 시작해줄 수 있는지 물었다. 자기네 집에는 내가 필요하다면 머물 수 있는 아름다운 방도 있다고 했다. 그날 저녁 나는 경련이나 추위 없이 다시 다리를 쭉 펴고 잠자리에 누웠다. 따뜻한 목욕 후 아늑한 이불을 덮었다. 주드의 가족 세 사람과 건강에 좋은 식사를 했고, 다시 돈을 벌게 되었다. 인생은 한순간에 얼마나 빨리 바뀔 수 있는가!

주드의 집에 들어가기 전 내가 그토록 비참한 느낌을 받았던 것은 일이 없어서 그랬던 것 같다. 하지만 자존감 부족으로 오래된 잘못된 생각의 씨앗들을 다시 키웠기 때문에 비참함이 더욱 심해졌다. 물론 건강한 생각의 씨앗도 뿌려지고 자라고 있었기 때문에, 풍요롭고 흥미로운 삶을 살려고 새롭게 출발하고는 있었다. 하지만 옛날 습관을 버리고 내 사고방식을 완전히 바꾸는 데 시간이 걸렸다. 나는 다른 사람에게 도움을 요청할 수 없었기 때문에 그 일을 더 어렵게 만들었다.

나중에 일이 또 잠시 끊겼을 때, 나는 그날 아침 돌고래를 보며 생각났던 친구들에게 전화를 했다. 그들은 따뜻한 마음으로 기뻐하며 남는 방을 내주었다. 나는 다시 다른 사람의 친절을 받아들일 수 있게 되었다. 나는 여전히 어떻게 감정을 표현하는지를 배우는 중이었지만, 많이 좋아졌다.

나는 어떻게 감정을 드러내는 것을 배워왔는지를 주드에게 들려주었다. 그리고 그녀의 의견에 공감하며, 그녀와 이런 이야기를 나누게 된 것에 감사했다.

"말해야 할 것들을 가슴 속에 묻어두고 지내기 쉬워요. 그게 다른 사람이 듣고 싶어 하는 말이든 아니든. 그런 것들을 상기시켜줄 무언가가 필요해요. 그리고 성장하기 위해서는 감정을 표현해야 해요. 그러면 본인이 깨닫지 못하는 사이에 이런저런 방법으로 도움을 받게 될 거예요. 무엇보다 정직함이 효과적이죠."

웃으면서 나는 항구 쪽을 바라보았다. 보름달이 아름답게 비춰진 물 위에 배들이 정박중이었다. 멋진 풍경이었다. 주드는 다시 한 번 감정을 솔직하게 표현해야만 죄책감을 느끼지 않을 거라고 강조했다. 그래야만 사랑하는 사람이 갑자기 죽는다 해도 후회하지 않을 것이다. 또 살면서 스스로 만들어온 제한을 벗어던지고, 어린아이 시절의 자유로운 영혼으로 돌아갈 수 있다. 그러므로 우리는 감정을 표현하는 것에 죄책감을 느끼면 안 된다. 또, 누군가가 그런 용기를 냈을 때 죄책감을 느끼게 해서도 안 된다.

주드를 돌보기 시작한 지 몇 달 후였다. 그녀의 병세는 더 악화되었다. 집에서 돌볼 수 있는 상태가 아니었다. 어쩔 수 없이 호스피스 센터에 들어가기로 했다. 내게도 상당한 기간 동안 돌봐줄 새로운 집이 나타났다. 나는 그 일을 하면서, 주드를 보러 호스피스 센터에 들렀다. 에드워드와 라일라까지 모두 만날 수 있어서 기뻤다. 그런데, 주드의 침대 옆에 낯선 노부인이 앉아 있었다. 금방 주드의 어머니라는 것을 알 수 있었다. 주드는 엄마를 많이 닮아 있었다.

주드가 써 놓은 편지를 어머니에게 전해준 것은 에드워드였다. 사랑하는 아내가 죽기 전에 꼭 그렇게 해주고 싶었다고 했다. 이제 주드는 말을 할 수 없었다. 하지만 모든 하고 싶은 말은 이미 그 편지에 쓰여 있었다. 주드는 엄마를 여전히 사랑한다고 편지에 썼다. 그리고 그녀에게 소중하기만 한 행복한 기억들과 엄마에게서 배운 좋은 것들을 다 적었다. 편지에 나쁜 내용은 하나도 없었다. 주드는 비록 그들의 관계는 슬펐지만, 엄마를 여전히 사랑한다는 말을 꼭

하고 싶었다. 그리고 그런 고백을 하지 못한 죄책감을 떨쳐내고 싶었다.

주드의 엄마는 편지를 읽고 나서 며칠 뒤 갑자기 딸을 찾아왔다. 그리고 그때부터 매일 왔다. 주드가 마지막으로 떠나가는 길에 손을 잡고 옆에 있어주기 위해서였다.

나는 주드와 잠시 이야기를 나눈 후 볼에 키스를 하고, 그녀와 함께했던 모든 시간에 감사한다고 말했다. 그리고 나의 마지막 작별 인사를 했다. "내가 거기 가면 만나, 주드." 내가 눈물과 웃음을 보이며 말했다. 그녀는 이상한 소리를 내며 대답했다. 그녀의 입은 이제는 웃을 수 없었지만, 그녀의 눈은 웃고 있었다.

에드워드와 라일라는 내 손을 한쪽씩 잡고 차를 세워 둔 곳까지 배웅을 해주었다. 우리는 모두 눈가에 눈물이 어려 있었다. 하지만 사랑이 충만하고, 솔직하게 감정을 표현할 수 있는 관계에서, 눈물은 문제가 되지 않았다. 에드워드는 장모님이 아내에게 많은 이야기를 하고 마침내 사랑한다고 했을 때 아내의 양 볼에 눈물이 흘렀다고 말했다. 주드의 엄마는 자신의 기준대로만 딸의 모든 것을 판단하려 했던 것을 사과했다. 그녀는 사회의 고정관념에서 벗어나려고 노력했던 딸의 용기와 딸이 선택한 진정한 행복을 마음속으로 질투했던 것을 인정했다.

에드워드와 라일라에게 작별인사를 하고 안아주었다. 그리고 나는 그들이 남은 인생을 잘 살도록 기원해주었다. 나는 아름다운 주드가 누워 있고, 엄마가 그 옆에서 지켜보던 방금 전 침실의 광경을 떠올렸다. 문득 사랑의 힘이 얼마나 강력한 것인지 느낄 수 있었다. 마음이 아프면서도 한편으론 기뻤다.

몇 년 후, 에드워드에게서 이메일이 왔다. 깜짝 놀랐고, 너무 반가웠다. 라일라는 외할머니가 돌아가시기 전에 서로를 알아가면서 행복한 몇 달을 함께 보냈다고 했다. 그는 그때 장모님이 완전 다른 사람이었고, 가끔 사랑하는 아내 주드를 떠올리게 했다고도 했다.

집이 팔린 뒤, 에드워드와 라일라는 도시를 떠났다. 그의 부모님 집과 가까우면서도 공기가 맑은 산으로 이사 가기 위해서였다. 그는 1년 전 새로운 여자를 만나 사랑하게 되었고, 라일라는 이제 곧 여동생을 갖게 될 것이라고 마지막에 썼다.

나의 답장에서 그들 모두에게 행운을 빌었다. 나는 또한 주드의 웃음, 그녀의 병에 대한 참을성과 포용력, 그리고 생각을 전달하려는 결단력과 같은 좋은 추억을 에드워드와 함께 나누는 것이 기뻤다. 주드의 말대로 죄책감은 독이다. 감정 표현은 행복한 인생에 있어 필수조건이다.

그녀의 침대 옆에 앉아 항구에 비친 보름달을 바라보던 기억이 아직도 선명하다. 그때 주드는 목소리가 허락하는 한 최대한 말을 많이 하고 싶어 했다. 그녀의 주장은 분명했다. 감정을 솔직히 표현하라. 나도 이제는 안다. 물 밖으로 몸을 뒤집으며 기쁨을 보여줬던 돌고래처럼 솔직하게 감정을 표현할 때의 느끼는 기쁨을.

4

친구들과 계속 연락하고 지냈더라면

외로움은 혼자 있는 것과 다르다

나는 일정한 기간 동안 가정에서 환자를 돌보는 일을 주로 했다. 하지만 이런 근무 사이사이에 요양원에 출근해 교대근무를 하기도 했다. 흔한 일은 아니었다. 요양원이라는 장소가 너무도 끔찍했기 때문에 나는 이를 감사히 여겼다. 이런 시설에 있는 사람들은 반드시 말기 환자인 것도 아니었다. 그냥 도움이 조금 필요한 노인들이었다. 때때로 나는 이미 짜여진 팀에 추가 멤버로 들어가 일했다. 이런 경우엔 특정한 환자를 맡아서 돌보지 않았다.

설령 우리 사회의 현 상태를 거부하는 삶을 살고 싶다 해도, 요양원은 피하는 것이 좋다. 하지만 만일 삶을 정직하게 바라볼 수 있을 정도로 충분히 강하다고 자부한다면, 요양원에서 잠깐 지내보는 것도 좋다. 그곳에는 외로운 사람들이 많다. 정말 많다. 사실 우리도 언제 그런 입장이 될지 아무도 모른다.

이런 곳에서 일하는 직원들을 접하면 충격을 받기도 하고 자극을 받기도 한다. 내가 몇 년 동안 잠깐씩 함께 일했던 사람들 중에는 아름답고 선량하며, 자기 적성을 제대로 찾아왔다는 생각이 들게 하는 부류도 있었다. 영혼이 맑고 마음이 친절한 사람들이었다. 이런 사람들이 우리 사회에 있다는 것만으로도 고마운 일이다. 하지만 요양원들은 대부분 인원이 부족했다. 그렇기 때문에 이런 사람들이 주위에 즐거운 기운을 계속 퍼뜨리기가 어려웠다.

반면 많은 직원들은 요양원에서 일하는 데 싫증이 났거나, 아예 처음부터 이 일에 열정이 없었던 사람들이었다. 공감이란 삶에서 많은 도움을 주는 미덕이다. 내가 배치된 팀에는 이런 공감이 심각하게 부족했다. 도리스를 만난 것은 팀원으로 일하게 된 첫날 저녁이었다.

요양원 입소자들은 안경을 끼고 지팡이를 짚은 채, 공동 식당으로 발을 질질 끌며 들어왔다. 이들은 비교적 돈이 많은 노인들이었다. 왜냐하면 이 요양원은 사립이었고, 게다가 '호화로운' 편이었다. 실내 장식은 아름다웠고, 정원도 잘 가꾸어져 있었으며, 공동 공간은 깨끗했다. 하지만 식사는 끔찍했다. 모든 음식이 외부에서 조리되어 배달되었다. 먹기 전에 전자렌지에 데우면 되는 것이었다. 맛도 좋은 냄새도 없었다. 내가 본 음식 중 영양가 있거나 신선한 음식은 하나도 없었다. 입소자들이 일주일 전쯤 미리 주문해놓은 음식이 데워져 식판에 담겨 나왔다. 음식을 나눠주는 직원들은 무뚝뚝한 얼굴로 인사 한 마디 건네지 않았다.

입소자들은 식사를 하는 동안 이야기를 나누기 위해 내 손을 잡아 테이블에 앉히곤 했다. 무엇보다 내 활기찬 얼굴을 보고 싶어하는 것 같았다. 이들은 정신이 명료하고 사회적 상호작용을 좋아하는 보통 사람들이었다. 몸은 늙고 허약해졌지만, 대부분 그 외엔 별 문제가 없었다. 일 년 혹은 이 년 전만 해도, 이 매력적이고 명랑한 사람들은 완전히 독립된 자신만의 삶을 살고 있었다.

식판을 바꾸러 부엌으로 돌아가니, 몇몇 직원들이 못마땅하게 나를 쳐다봤다. 요양원 환자들과 조금 웃으며 이야기를 나눴는데, 그게 싫은 눈치였다. 그냥 무시했다.

양고기 접시를 가져다 놓으며, 책임자에게 친근한 말투로 말했다.

"버니는 양고기가 아니라 닭고기를 주문했대요."

그녀는 반쯤 웃으며 대답했다.

"빌어먹을, 주는 거나 먹지."

"저기요." 나는 터무니없는 말에 굴하지 않고 대꾸했다. "우리는 닭고기 요리를 줄 수 있잖아요?"

"그 노인네가 양고기를 먹기 싫다면 굶어야 할 거야." 그녀는 매섭게 말했다.

그녀의 불행해 보이는 얼굴이 측은하게 느껴졌다. 하지만 방금 주방 책임자로서 보여준 태도에는 전혀 공감할 수 없었다.

버니에게 양고기 요리를 도로 갖다주는 것을 본 한 직원이 말을 걸었다.

"그녀에 대해서는 신경쓰지 마세요, 브로니. 항상 저래요."

나는 레베카의 위로에 진심으로 기뻐서 웃었다.

"그녀에 대해선 신경쓰지 않아요. 전혀. 하지만 아침저녁으로 이런 대우를 받고 살아야 하는 입소자들에겐 신경 쓰여요."

레베카는 동의했다.

"처음 여기서 일을 시작했을 때는, 저도 그 부분 때문에 많이 힘들었어요. 하지만 이제는 내 능력 안에서, 최대한 모든 환자들에게 친절을 베풀려고 노력할 뿐이에요."

"충분히 잘하고 계시네요."

나는 웃으며 대답했다. 그녀는 다른 곳으로 가면서 내 등을 토닥거렸다.

"우리처럼 생각하는 사람들이 조금은 있어요, 충분치는 않지만요."

어찌 되었든 사람들이 식사를 끝내자 식당이 깨끗이 치워졌다. 몇몇 직원은 밖에 담배를 피우러 나갔다. 우리 중 몇 명만이 안에 남아, 요양원을 나가는 입소자들과 이야기를 나눴다. 열 명 남짓한 사람들이 모여 웃고 떠들다 보니, 분위기는 아주 쾌활했다. 그들의 재치 있고 활기찬 영혼이 나를 놀라게 했다. 그런 사람들이 요양원의 답답한 분위기에 어떻게 그렇게 잘 적응했는지 놀라울 뿐이었다.

요양원 입소자들은 각자 목욕탕이 딸린 방이 있었다. 내가 밤마다 잠옷으로 갈아입는 것을 도와주러 돌아다니다 보면, 방마다 주인의 개성이 조금씩 보였다. 가족들의 웃는 사진과 그림들, 손으로 뜬 깔개, 가장 좋아하는 찻잔 등, 방마다 장식품들이 조금씩 달랐다. 발코니에서 화분에 식물을 심어 놓고 기르는 사람도 있었다.

첫날 도리스에게 내 소개를 하며 경쾌한 발걸음으로 그녀의 방에 들어갔다. 그녀는 이미 자신의 분홍색 잠옷으로 갈아입고 침대에 앉아 있었다. 나를 보고 말없이 웃은 뒤 시선을 먼 곳으로 돌려 외면했다. 나는 무슨 문제는 없는지 물었다. 아무 대답이 없던 그녀는 곧 눈물을 터뜨렸다. 즉시 그녀의 침대 옆으로 가 그녀를 가만히 안았다. 그녀는 아무 말 없이 울면서 나에게 매달렸다. 나는 이 여자를 위로할 힘을 달라고 기도하며 기다렸다.

눈물이 그쳤다. 그녀는 부끄러운 듯 손수건을 찾았다. "오, 바보 같이." 눈가를 닦으며 그녀가 말했다. "미안해요, 아가씨. 바보 같은 늙은 여자가 주책을 부렸네요."

"무슨 일이 있나요?" 나는 부드럽게 물었다.

도리스는 한숨을 쉬며 지난 넉달 간 여기서 어떻게 지내왔는지를 얘기했다. 그녀는 이곳에 온 후 활기찬 얼굴을 거의 보지 못했다고. 그런데 내가 활짝 웃으며 들어오는 것을 보니 갑자기 눈물이 쏟아졌던 것이다. 이 말을 듣고 나도 거의 울 뻔했다. 그녀의 하나밖에 없는 딸은 지금 일본에 살고 있고, 연락은 꽤 자주 해도 예전처럼 그렇게 끔찍이 가까운 사이는 아니라고 했다.

"당신도 엄마가 되어 예쁜 딸을 키우게 되면, 그 어떤 것도 둘 사이를 갈라놓을 수 없다고 생각할 거예요. 하지만 살아보면 그렇지도 않아요. 싸워서도 아니고 미워해서도 아니에요. 그냥 사는 게 바쁘기 때문이에요." 그녀는 말을 이어갔다. "딸도 이제 자기 인생이 있어요. 지난 몇 년간 그녀를 놔줘야 한다는 걸 깨달았어요. 내가 딸을 낳긴 했지만, 딸을 소유하는 건 아니에요. 우리는 그냥 자녀가 커서 스스로 독립할 수 있을 때까지 돌봐주는 역할을 맡은 것만으로 큰 축복이에요. 내 딸이 지금 그렇게 하고 있어요."

나는 곧 이 멋진 여성에게 흥미가 생겼다. 삼십 분 뒤에 좀더 이야기를 나누러 오겠다고 약속했다. 내가 일을 마칠 때까지 자지 않고 기다릴 수 있다면 말이다. 그녀는 그렇게 하겠다고 했다.

그 후에, 도리스는 침대에 앉아 이야기를 했다. 나는 침대 옆의 의자에 앉아 들었다. 그녀는 그동안 내 손을 꼭 잡고, 때때로 내 손가락이나 내가 낀 반지를 가지고 장난을 쳤다. 하지만 자신이 그러고 있는 줄도 알아채지 못할 정도로 이야기에 열중하고 있었다.

"나는 여기에서 외로움으로 죽어가고 있었어요, 아가씨. 그런 게 가능하다고 들었고, 정말 그래요. 외로움은 정말 우리를 죽일 수 있어요. 때로는 사람이 너무 그리워요."

그녀는 슬프게 말했다. 그녀가 여기 들어오고 난 지 넉 달 만에 처음으로 껴안아준 사람이 나라고 했다.

그녀는 혹시 내가 그 말에 부담을 느낄까봐 이야기를 멈추려 했다. 하지만 나는 계속 그녀의 이야기를 듣고 싶다고 했다. 나는 정말 그녀가 어떤 사람인지 알고 싶었다.

"나는 무엇보다 친구들이 그리워요. 몇몇은 죽었어요. 몇몇은 나와 같은 처지고요. 몇몇은 연락이 끊겼어요. 요즘은 그 애들과 연락이 끊기지 않았더라면 얼마나 좋았을까 생각해요. 당신은 친구들이 항상 거기 있을 거라고 상상하죠. 하지만 인생은 흘러가고 어느 날 갑자기 세상에는 자신을 이해해주고, 자신의 역사에 대해 아는 사람이 아무도 없다는 것을 깨닫게 돼요."

나는 그 친구들 중 몇 명에게 연락해보자고 제안했다. 그녀는 고개를 저으며 말했다.

"너무 오래 전에 연락이 끊겼어요. 어디서부터 시작해야 할지 모르겠어요."

"제가 도울 수 있어요."

나는 그녀에게 인터넷에 대해 설명하면서 계속 해보자고 했다. 도리스에게는 모든 것이 새로웠지만, 그녀는 어느 정도 인터넷을 알고 있었다. 하지만 그녀는 내 시간을 빼앗을까봐 걱정하며 거절했다. 나는 괜찮다며 결국 그녀를 설득하는 데 성공했다. 사람들의 연락처를 알아내는 일은 내 취미 중 하나였다. 은행에서 일하는 동안 사기와 위조죄와 관련된 업무를 맡은 적이 있었다. 사람들의 실제 주거지나 연락처를 알아내는 일은 참 재밌었다. 그녀는 내 과거 이야기를 듣고 웃었다. "제발, 허락해주세요." 나는 요청했다. 마침내 그녀가 미소 지으며 동의했다. 그 미소에 소망이 담겨 있었다.

나는 몇 가지 이유로 도리스를 돕고 싶었다. 우선 처음 본 순간부터 그녀가 좋았다. 게다가 난 친구를 찾을 수 있는 몇 가지 방법도 알고 있었다. 하지만 가장 중요한 이유는 그녀가 느끼는 고통이 어떤 것인지를 진심으로 알고 있다는 사실이었다. 사람이 오랫동안 외롭게 지내다 보면 어떤 고통을 겪는지는 이미 나도 경험했던 바였다. 그럴 때 누군가에게 이해받고 싶은 간절한 열망이 어떤 것인지도 잘 알았다.

어떤 고통이 나를 너무 힘들게 했을 때 내 자신 속 너무나 깊은

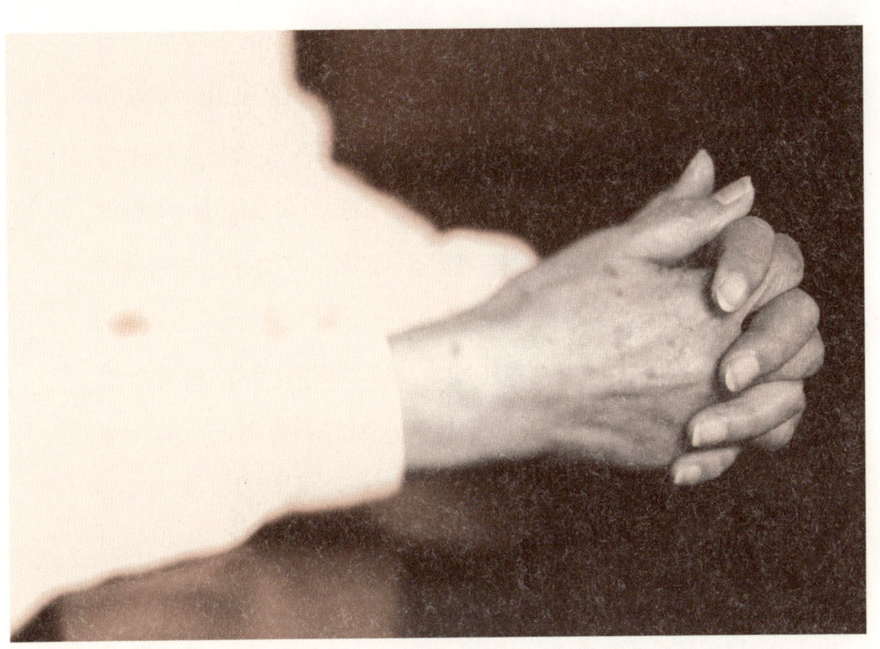

곳까지 도망간 적이 있었다. 많은 사람들처럼 나도 그때 크게 오해하고 있었다. 만약 사람들을 피하면, 고통도 피할 수 있다고 믿은 것이다. 더 이상 사람으로부터 상처받지 않을 테니까. 누구도 가까이 다가올 수 없는데 누가 내게 상처를 주겠는가? 하지만 마음의 상처를 치유할 수 있는 진정 유일한 방법은 다른 사람들로부터 사랑이 다시 내게로 흘러오게 하는 것이다. 그들과의 교류를 아예 막는 것이 아니다. 나는 이 사실을 깨달을 때까지 오랫동안 방황해야 했다.

겉에서 봤을 때 나는 친절하고 성격 좋은 사람이었다. 하지만 힘들었던 과거로부터 짊어지고 온 고통은 여전히 나를 짓누르고 있었다. 물론 나도 이제는 예전의 나처럼 고통받으며 부정적인 행동을 하는 사람들에게 동정심을 보일 만큼 성장하기는 했다. 하지만 여전히 나는 더 성장해야 했고, 변해야 했다. 수십 년 간 지속된 부정적인 생각은 쉽게 사라지지 않았다. 때때로 그것이 주는 고통을 참기 어려운 적도 많았다. 이제 나는 그런 부정적인 생각을 할 수밖에 없었던 환경에서 헤매고 있지 않았다. 사실 나는 그때 스스로 인식하던 것보다 훨씬 더 가치 있는 사람이었다. 이 사실을 머리로는 알았다. 그러나 감정적으로 완전히 치유되려면 아직 갈 길이 멀었다.

크리스 크리스토퍼슨이 부른 '일요일 아침이 오네'는 늘 나의 주제가였다. 나는 늘 그의 음악을 좋아했고 글쓰기에서도 많은 영향을 받았다. 특히 이 노래는 내가 겪은 외로움을 가장 잘 표현한 노래였다. 일요일은 언제나 최악이었다. 루신다 윌리엄스도 이런 내 심정을 달랠 수 있는 좋은 노래를 불렀다. '일요일을 견뎌 낼 수 없을 것 같아'이다.

 하지만 일요일만 문제가 되는 것은 아니었다. 외로움은 가슴 속에 사람을 죽음에 이르게 할 만큼 고통스러운 공허감을 남겼다. 그 고통은 참기 힘든 것이고, 오래될수록 절망을 더해갔다. 그 시기에 나는 수 마일에 걸친 도시의 도로, 시골 길들을 미친 듯이 걸었다. 외로움은 주위에 아는 사람이 없어서 비롯되는 것이 아니다. 자기를 이해하고 받아들여주는 사람이 없을 때 생긴다. 사람들이 많은 곳에서도 얼마든지 외로울 수 있다. 오히려 사람들이 붐비기 때문에 그 많은 사람들 중에 나를 알아주는 사람이 한 명도 없다는 느낌은 더 심해진다.

 주위에 나를 이해해줄 사람이 없을 때, 혹은 있는 그대로의 나를 받아들여주는 사람이 없을 때, 외로움은 그 고통스러운 모습을 드러낸다. 외로움은 혼자 있는 것과 매우 다르다. 혼자 있을 때 우리는 외로울 수도 있지만, 행복할 수도 있다. 외로움은 혼자 있든 둘이 있든 자신을 이해해주는 친구를 갈망하는 것이다.

외로움을 너무 참을 수 없고, 가슴 속의 고통이 너무 커지면, 가끔 자살을 떠올릴 때도 있었다. 물론 나는 전혀 죽고 싶지 않았다. 살고 싶었다. 하지만 나 자신의 가치를 새롭게 깨닫고, 오래된 나쁜 생각들이 주는 고통으로부터 자유로워지는 것은 때론 너무나 힘들었다. 사랑과 행복이 다시 내 인생에 흘러오도록 하고, 내게 충분히 그럴 만한 가치가 있다고 인정하는 것도 때로는 너무나 참을 수 없이 힘든 일이었다. 그냥 포기하고 자살하면 어떨까 하는 생각이 오히려 더 끌리기도 했다.

외로움의 고통이 마침내 참을 수 없이 커져 절정에 이르렀을 때, 기도의 응답이 왔다. 한 친구의 친절과 이해를 통해서였다. 그 친구가 완벽한 타이밍에 전화를 걸었다. 그는 내가 힘든 시기를 겪고 있다는 것을 알고 있었다. 하지만 바로 그때 내가 가슴 아픈 눈물을 흘리며 유서를 쓰고 있었다는 것은 몰랐을 것이다. 나는 이 세상을 영원히 떠날 준비가 되어 있었다. 이제는 마음속에 끊이지 않는 고통을 안고 살아 갈 힘이 없었다.

그는 내가 아무 말도 하지 않아도 된다고 했다. 나는 그냥 듣기만 하면 됐다. 그래서 기진맥진한 상태의 나는 눈물을 흘리며 마지못해 동의했다. 전화 너머에서 그가 기타를 치기 시작했다. 그리고 돈 맥클린의 노래 '빈센트'를 부르기 시작했다. "총총히 총총히 별이 빛나는 밤~" 아름다운 멜로디와 가슴을 울리는 가사가 내 귀에 들려왔다. 그는 가사 중 '빈센트' 자리에 내 이름 '브로니'를 넣어서 불렀다. 빈센트 반 고흐의 고통을 담은 가사와 부드러운 멜로디에 내 감정을 이입하자 눈물은 더욱 거세게 흘렀다. 그가 노래를 끝냈을 때, 나는 계속 울었다. 내가 달리 할 수 있는 일이 없었다. 그는 조용히 참을성 있게 기다렸고, 나는 그에게 감사하다고 겨우 말하며, 여전히 울면서 전화를 끊었다. 그 당시에는 더는 다른 말을 할 수 없었다.

그날 밤, 나는 완전히 지치고 감정적으로도 탈진 상태였다. 하지만 나는 내 친구의 이해와 친절을 통해 살아났다는 것을 알았다. 그가, 아니 그가 불러준 노래가 내 마음을 알아주고, 내 눈물을 닦아주었다. 내 마음속에서 꺼져가던 자그마한 희망의 불씨에 다시 불이 붙었다. 다음 날 저녁에는 영국인 친구가 갑자기 전화를 걸어왔다. 우리는 오랫동안 솔직하게 이야기를 나누며 마음이 통했다. 나는 살아갈 힘이 천천히 돌아오기 시작했다.

하지만 그것으로 나의 고통과 외로움이 끝난 것은 아니었다. 좀 지난 후에 또 다른 굉장히 힘든 일로 나는 다시 외로웠고, 삶은 너무 고통스럽기만 했다. 나는 그런 외로움을 견딜 수 있는 힘을 구하며 강해지게 해달라고 간절히 기도하고 또 기도했다.

　그러던 어느 날, 나는 도시로 들어가는 고속도로에서 새 한 마리
를 치었다. 꽤 큰 새였고, 차 앞 유리의 소음은 내 정신을 차리게 하
기에 충분했다. 나는 동물을 사랑하는 사람으로서, 죽은 새를 생각
하면 슬프기도 하고 안타깝기도 했다. 하지만 그것은 내게 다시 일
어나라는 신호로 다가왔다. 삶은 이리도 쉽게 끝날 수 있는 것인데,
내 삶도 진정 힘든 일에 부딪혀 내동댕이쳐지길 원했던가?

　바로 그때, 한 편의 클래식 음악이 라디오에 나왔다. 곱고 섬세한
음악이 흥분한 내 마음을 가라앉혀 주었고, 고통을 부드럽게 어루
만져 주었다. 그러다 음악소리가 고조되자, 나는 순간적으로 음악
의 강렬한 아름다움에 취했다. 그리고 문득 깨달았다. 삶은 그런 아
름다운 감동이 반짝이는 축복의 시간이란 사실을……. 나는 살고
싶어졌다. 더 많은 아름다운 순간들을 경험하며 감동받고 기뻐하고

싶었다.

이전에 이런 슬픔과 외로움의 단계를 겪었기 때문에, 지금 도리스가 겪고 있는 고통이 얼마나 심각한 것인지를 이해했다. 그녀는 식사 시간에도, 낮 동안에도 이곳저곳에서 사람들과 어울려 있었다. 하지만 그녀는 자신이 어떤 사람인지를 알고 있고 그대로 받아들여주었던 친구들을 그리워했다. 왜냐하면, 그 친구들이야말로 그녀를 진정으로 이해해주는 사람들이었기 때문이다.

그 다음 주에 나는 이 상냥한 여성에게 들러 예쁜 필기체로 친구들 네 명의 이름을 적어놓은 종이를 받았다. 이 친구들과 마지막으로 연락했을 때 연락처와 살던 곳 등도 적혀 있었다. 우리는 차를 마시며 그녀의 친구들에 대한 이야기를 잠깐 나누었다.

한 친구는 찾기 쉬웠지만, 그녀는 뇌졸중을 일으켜서 이제는 말을 할 수 없었다. 이 소식을 들은 도리스는 짧은 편지를 내가 받아쓸 수 있게 불러주었다. 친구의 상태를 듣고 그녀는 슬퍼했다. 하지만, 적어도 편지는 전해줄 수 있다는 생각에 어느 정도 마음이 편해졌다.

엘시에게
네 건강이 안 좋다니 유감이구나. 우리가 마지막으로 만나고서 시간이 참 많이 흘렀어. 내 딸 앨리슨은 여전히 일본에서 살고 있어. 나는 집을 팔았고, 지금은 요양원에 있어. 요양원에서 일하는 젊은 아가씨가 이 편지를 대신 써주고 있단다. 사랑해, 엘시.

너의 진정한 친구, 도리스가

편지는 간단했지만, 그녀가 말하고자 한 것을 모두 담았다. 나는 그날 밤 엘시의 아들에게 전화해 편지를 읽어주었다. 그러자 그는 나중에 엄마에게 읽어주기 위해 받아적었다. 얼마 후 그는 다시 전화해 엘시가 얼마나 기쁘게 웃었는지 말해줬다. 나는 그 이야기를 도리스에게 전했고, 도리스의 얼굴엔 만족의 미소가 번졌다.

다음 몇 주를 지내며, 나는 그녀의 다른 두 친구를 겨우 찾아냈다. 슬프게도 그들은 둘 다 이미 죽었다. 도리스는 그 사실을 받아들이며 고개를 끄덕였다. 그녀는 한숨을 쉬며 말했다. "그럴 수도 있다고 생각했어요, 아가씨."

나는 마지막 친구인 로레인을 꼭 찾아내야겠다는 생각이 들었다. 인터넷을 뒤지면서 수많은 전화를 걸었지만, 일이 잘 풀리지 않는 것 같았다. 전화를 걸면 저쪽에서 친절하게 도움을 주려고, "죄송해요. 이름은 맞는데 성이 달라요"라는 대답을 하는 경우가 대부분이었다.

그러는 사이에, 나는 일주일에 두 번씩 도리스를 방문했다. 그녀는 언제나 내가 앉자마자, 그리고 대화가 이어지는 중에도 계속 내 한 손을 붙잡고 있었다. 때로는 바쁜 사람이 이런 데서 시간을 보내면 어떡하냐며 나를 쫓아내려 하기도 했다. 하지만 나 역시 그녀와 나누는 대화가 굉장히 즐겁다고 말해주면(사실이었다), 그녀의 얼굴에는 안도감이 떠올랐고, 또 와달라고 하곤 했다. 나이 든 사람들에게서는 배울 점이 많았고, 저마다 엄청난 삶의 역사를 지니고 있었다. 그러니 어떻게 이 유쾌한 대화를 즐기지 않을 수 있단 말인가? 도리스는 아주 매력적인 노인이었다.

마지막 친구를 찾는 동안, 한 나이든 남자에게 전화를 받았다. 그는 한때 로레인의 이웃이었다고 했다. 그는 로레인 가족이 교외의 어느 지역으로 이사했는지 말해줬고, 나는 드디어 그녀를 찾아내는 데 성공했다. 나이 들었지만 친절한 목소리로 직접 전화를 받은 사람은 로레인 자신이었다. 내가 누구인지, 또 전화를 건 의도를 설명하자, 그녀는 기뻐서 헉 하고 숨을 쉬며 빨리 도리스와 통화하고 싶다고 했다.

자연스럽게, 나는 그녀에게 바로 전달했다. 나는 활짝 웃으며 도리스를 안은 다음, 로레인의 이름과 전화번호가 적힌 종이를 내밀었다. 그녀는 나를 다시 와락 붙잡고 흥분으로 가득 차서 껴안았다. 아주 소중한 순간이었다. 전화기를 가져오라고 손짓하는데, 그녀의 마음만큼 몸이 빨리 따라주지 않았다. 전화를 걸기 전에, 그녀가 통화할 수 있도록 나가 있겠다고 말했다. 그녀는 그냥 있어달라고 했지만, 사실 그녀에겐 그게 별로 중요한 것 같진 않았다.

도리스는 완전히 흥분해 있었다. 그리고 내게 전화가 연결될 때까지만이라도 머물러 달라고 했다. 내가 그녀 대신 로레인의 번호를 누르기 전에 우리는 따뜻하고 사랑이 담긴 포옹을 나눴다. 그것은 작별의 포옹이었다. 내 심장은 흥분으로 빠르게 뛰고 있었다.

도리스는 수화기를 귀에 갖다 대더니, 친구의 목소리를 듣자 얼굴이 기쁨으로 환해졌다. 도리스나 로레인이나 이미 목소리까지 늙은 노인이었지만, 통화를 나누는 두 영혼은 젊은 아가씨 같았다. 그들은 곧 웃으며 쉬지 않고 이야기를 나누었다. 나는 그녀의 방을 조금 정리해주려 왔다갔다 하는 동안 밀려드는 행복감을 주체하기 힘들었다.

결국 내가 그곳을 그만둘 시간이 왔다. 퇴근하기 전에 도리스의 방으로 갔다. 문가에서 행복으로 빛나고 있는 도리스에게 조용히 손을 흔들어 인사했다. 그녀는 잠시 말을 멈추고 로레인에게 기다려달라고 한 뒤, 내게 말했다. "고마워요, 아가씨. 고마워요." 나는 얼굴이 아플 만큼 활짝 웃으며 고개를 끄덕였다. 복도를 걸어가면서, 도리스의 방문이 닫히기 전에 그녀가 웃는 소리를 들을 수 있었다. 집에 돌아가는 길까지 웃음은 내 얼굴을 떠나지 않았다.

멋진 날씨였고, 수영을 하기에 좋을 것 같았다. 흐르는 물을 즐기며 두어 시간 수영을 했다. 강물과 하나가 되는 듯한 황홀한 느낌이 들었다. 해가 막 지고 난 뒤였다. 집에 있는 내게 전화가 걸려왔다. 요양원에서 도리스를 처음 만났던 날 밤, 상냥하게 나를 위로해주었던 레베카였다. 사랑하는 도리스가 그날 오후에 자다가 세상을 떠났다고 전해주었다. 곧 슬픔의 눈물이 흘렀지만, 작은 기쁨도 있었다. 결국 도리스는 친구들과 다시 연락하는 행복을 느끼며 죽었다.

짧은 시간에도 한 사람의 인생이 이렇게 바뀔 수 있다는 게 참 놀라웠다. 처음 만났던 날 밤에는 눈도 마주치려 하지 않았던 외로운 여성이 마지막에는 먼저 포옹을 해줬다. 그 순간이 내게 준 기쁨을 그 어떤 것도 대신할 수 없을 것이다.

전 세계의 요양원에는 아름다운 영혼을 지녔으나 너무나 외로운 노인들이 수천 명에 이른다. 요양원에 삶이 갇힌 수많은 젊은 사람들도 있다. 일주일에 단 몇 시간만이라도 누군가 이 사람들을 찾아가 마음을 열고 친구가 되어주면, 그들의 마지막 삶에 중요한 영향을 끼칠 수 있다. 물론 애초에 요양원에 들어가지 않는 편이 더 좋다. 하지만 슬프게도 누구나 항상 그럴 수 있는 것이 아니다. 간혹 집에 있어서는 안 되지만, 그냥 집에 있는 사람들도 많다. 어떤 면에서 요양원에 들어갈 여건조차 되지 못하거나 무관심 속에 방치된 노인들이다. 이들의 삶을 목격하는 것은 끔찍하다. 하지만 우리가 조금만 시간과 관심을 쏟으면, 이 사람들의 삶을 크게 바꿀 가능성이 생긴다.

내가 도리스를 만난 타이밍은 완벽했다. 또 다행히 그녀는 갈 때가 되어 자연스럽게 세상을 떠났다. 이제 돌아보니, 우리는 서로의 삶에 하게 되어 있던 역할을 제대로 수행했던 것 같다. 그로 인해, 나는 그녀에게 항상 감사할 것이다. 그녀는 아주 다정한 여성이었다.

나는 곧 로레인을 만났다. 그녀와 도리스의 통화는 오랫동안 계속되었다고 했다. 두 사람은 아주 행복하게 헤어진 셈이었다. 우리는 카페의 나무 아래 앉아, 도리스의 전반적인 삶에 대해 즐겁게 이야기를 나누었다. 대화는 로레인을 차에 태워 집으로 바래다 줄 때까지 계속되었다. 도리스의 친구를 만날 수 있어 기뻤다. 도리스를 알게 된 것은 정말 멋진 일이었다. 그리고 마지막으로 바라건대, 내 사랑하는 도리스가 천국에서 다른 친구들도 만날 수 있기를 빈다.

5

나 자신에게

더 많은 행복을

허락했더라면

당신도
가끔 슬펐으면
좋겠어

글로벌 기업에서 임원으로 일했던 로즈메리는 시대를 앞서가는 여자였다. 고위층에서 일하는 여자가 거의 드물었던 시절에 그녀는 멋지게 출세했다. 하지만 이런 성공이 있기 전에, 그녀는 사회의 기대에 맞춰서 살았고, 어린 나이에 결혼했다. 불행하게도 그녀의 결혼 생활은 남편의 육체적이고 정신적인 학대로 얼룩졌다. 어느 날 그녀는 거의 죽기 직전까지 두들겨 맞은 상태에서 버려졌다. 그녀는 더 이상 참을 수 없는 한계에 이르렀고, 결혼 생활로부터 영원히 탈출하기로 결심했다.

당시 이혼은 정당한 이유가 있다 해도, 집안 전체의 불명예였다. 로즈메리의 집안은 근처에선 꽤 알려진 가문이었다. 그녀는 가족의 명예를 지키기 위해 도시로 이사를 갔고, 인생을 새롭게 시작했다.

모진 경험이 그녀의 마음과 사고방식을 단단하게 만들었다. 그녀는 남성 지배적인 사회에서 반드시 성공해 자신의 가치를 확인하고, 가족의 인정도 받겠다고 결심했다. 성공을 위한 것이 아니라면, 아무것도 눈에 들어오지 않았다. 그녀는 지능이 높고 능력도 있었다. 그런 여자가 마음까지 독하게 먹고, 남보다 더 많은 시간을 바쳐 성실하게 일하니 승진의 길은 보장되어 있었다. 그녀는 거의 이 나라 여성 최초로 최고 간부가 되었다.

사람들에게 지시하는 것에 익숙해지면서 로즈메리는 권력을 즐겼다. 위압적인 태도로 명령을 내리면, 모두가 고분고분 입안의 혀처럼 잘 따랐다. 이런 습관은 그녀를 돌보는 간병인들에게도 나타났다. 고분고분하지 않다 싶으면 무조건 간병인을 교체했다. 내가 그녀의 집에 도착하기 전까지는 거쳐간 간병인만 해도 꽤 되었다. 그녀는 누구에게도 만족하지 못했다.

로즈메리는 은행에서 일한 경력이 있다고 나를 마음에 들어 했다. 아마도 내가 멍청하지는 않을 것이라고 생각했던 것 같았다. 그런 사고방식은 내가 공감할 수 있는 종류는 아니었지만, 어쨌든 더는 나 자신을 증명해 보일 수 있는 것이 아무것도 없었다. 어떤 방식이든 그녀 자신이 좋아하는 방식으로 판단했다면, 그것으로 됐다고 이해했다. 가엾은 그녀는 80대였고, 죽어가고 있지 않은가. 로즈메리는 내가 그녀의 책임 간병인으로 일해야 한다고 주장했다.

하루가 시작되는 아침이 가장 힘들었다. 유별나게 이것저것 명령

했고, 심술궂게 굴었다. 나도 이제는 강한 자존감을 가지게 되었기 때문에 그런 행동을 어느 정도까지는 참아낼 수 있었다. 하지만 참는 데도 한계가 있었다. 그날은 그녀가 유독 심하게 심술궂게 구는 데다가, 인신공격까지 퍼부어댔다. 나는 로즈메리에게 최후통첩을 했다. 좀더 친절하게 대해주지 않으면 그곳에서 나갈 것이라고 확실히 말했다. 그러자 침대 가장자리에 앉아 있던 그녀는 가버리라고, 이 집에서 나가라고, 더욱 심술궂게 이야기했다.

그녀가 내게 소리 지르는 동안, 나는 그냥 그녀 옆에 앉았다.

"그럼 가! 나가!"

그녀가 문을 가리키면서 계속 소리를 질렀다. 나는 그런 그녀 옆에 앉아서 사랑스럽고 친절한 눈길로 바라보았다. 그녀의 감정이 폭발하고 가라앉기를 기다렸다. 그녀가 소리지르는 것을 멈추자, 침묵이 뒤따랐다. 우리는 1분 정도 서로 아무 말도 하지 않았다. 하지만 서로에게 기대기 위해 좀더 가까이 다가앉았다. "끝났어요?" 내가 부드럽게 웃으면서 물었다.

"일단은." 그녀는 씩씩거리며 말했다. 나는 아무 말도 하지 않고 고개를 끄덕였다. 침묵이 계속되었다. 마침내 나는 그녀를 안으며 그녀의 볼에 키스했다. 그리고 부엌으로 가서 차 주전자를 가지고 몇 분 후에 돌아왔다. 로즈메리는 여전히 같은 위치에 앉아 있었다.

마치 길을 잃은 조그만 소녀처럼 보였다.

그녀를 부축해 침대에서 일으킨 뒤, 우리는 침실에 있는 긴 안락의자로 갔다. 의자 옆의 테이블에선 따뜻한 차가 기다리고 있었다. 로즈메리는 내가 그녀의 무릎에 예쁜 담요를 깔아주는 것을 미소 지으며 바라보았다. 그러고 나서 나도 테이블 옆에 앉았다. "두렵고 외로워. 제발 나를 떠나지 마. 너와 함께 있으면 안전한 느낌이 들어." 그녀가 말했다.

"나는 아무 데도 가지 않을 거예요. 이제 괜찮아요. 당신이 나를 존중해준다면, 당신을 위해 여기 있을 거예요." 나는 그녀에게 진심으로 말했다.

로즈메리는 사랑을 필요로 하는 작은 소녀처럼 미소 지었다. "그러면 제발 여기 있어줘. 나는 네가 여기 꼭 있었으면 해." 나는 고개를 끄덕이고 그녀의 뺨에 한 번 더 키스를 해주었다. 그러자 그녀는 환한 미소를 지어 보였다.

이때부터 우리는 사이가 좋아졌다. 그녀는 지난 삶에 대해 이야기해주었다. 덕분에 그녀를 더 많이 이해할 수 있게 되었다. 그녀는 자신이 어떻게 사람들을 항상 밀어냈는지에 대해서 말해주었다. 오랫동안 나 자신도 그렇게 살아봤기 때문에, 그 나쁜 틀에서 벗어나면 어떤 점이 좋은지도 잘 알았다. 나는 아직도 늦지 않았으니, 다른 사람을 마음으로 받아들여 보라고 했다. 로즈메리는 그게 어떤 식으로 하는 것인지는 잘 모르지만, 한 번 시도해보고 삶이 더 나아지기를 원한다고 말했다.

그녀의 병은 천천히 진행되고 있었다. 하지만 확실히 병이 온몸으로 퍼져 점점 더 쇠약해져 갔다. 처음에는 변화가 더디게 나타났고, 내가 느끼기에 로즈메리는 여전히 자신이 말기 환자라는 사실을 인정하지 않으려 했다. 그녀는 책을 쓰려고 내게 이것저것을 준비하게 시켰고, 투자 포트폴리오도 정리하게 했다. 나는 그녀의 계획들이 거의 이루어지기 힘들다는 것을 알고 있었다. 그래서 그냥 듣기만 했다. 로즈메리는 자신의 계획을 이루기 위해 나와 시간을 어떻게 보내야 할지 설명할 정도로 힘이 남아 있었다. 나는 전에도 말기 환자들이 계속 그들의 미래를 계획하는 것을 본 적이 있었다. 하지만 그러는 사이에 그들의 기력은 매일 점점 쇠약해져 갔다.

그녀는 가끔 외출할 일이 있으면 내게 약속을 잡아달라고 졸랐다. 그리고 내가 전화를 걸 때 그녀의 침실 전화기를 사용하게 했다. 통화가 시작되면 옆에 앉아서 끊임없이 끼어들어서 대화 전체를 좌지우지하려고 했다. 나는 그녀의 참견을 받으며 하나하나 약속을 다시 조정해야 했다. 그녀는 확실히 다른 사람을 지배하려는 성품이 있었다. 나는 그녀를 위해 몇 가지 불필요한 일들은 기꺼이 할 수 있었다. 하지만, 이미 집안 구석구석을 뒤졌어도 못 찾은 물건을 또 찾겠다며 시간과 에너지를 낭비하는 일은 솔직하게 거절했다.

그녀의 감정적인 벽이 점점 허물어지면서 우리 사이의 친밀감도 커졌다. 로즈메리의 친척들은 멀리 살았지만 정기적으로 전화를 했다. 꽤 많은 친구들이 자주 방문했고, 전에 비즈니스 관계로 알게 된 지인들도 찾아왔다. 하지만 대부분은 집이 조용한 편이었다. 로즈메리와 나는 이 집에 딸린 사랑스러운 정원에 나가 거닐며 시간을 보내곤 했다.

어느 오후 내가 린넨 침구류를 정리해서 치우고 있을 때였다. 휠체어를 타고 가까이 있던 로즈메리가 내게 그만 흥얼거리라고 했다. "당신은 뭐가 그렇게 항상 즐거워? 늘 노래를 입에 달고 살아. 난 그게 정말 듣기 싫어." 그렇게 말하는 그녀가 밉기보단 안타깝고 불쌍했다. 나는 벽장문을 닫고 돌아서서 즐거운 표정으로 그녀를 바라보았다. "저것 좀 봐. 당신은 항상 행복하고 항상 흥얼거려. 당신도 가끔은 슬펐으면 좋겠어."

이것은 로즈메리의 일상적인 시각이었기 때문에 전혀 놀랍지 않았다. 그녀의 말처럼 내가 늘 행복한 것은 아니었다. 하지만 내가 행복해하면, 그녀는 자신의 슬픔을 더욱 뚜렷하게 느끼는 것 같았다.

나는 아무 말대꾸 없이 그저 그녀를 잠깐 바라본 뒤, 우스꽝스러운 몸짓을 보여주기로 했다. 발레리나처럼 한 발끝으로 서서 한껏 도도한 표정으로 제자리에서 도는 시늉을 한 뒤, 그녀를 향해 혀를 쏙 내밀고는 웃으면서 방을 나갔다. 그녀는 이런 친근한 내 장난을 좋아했다. 내가 잠시 후 방으로 다시 돌아오자, 그녀 역시 장난스럽게 미소 지었다. 내 장난을 받아들여 기분이 풀렸다는 의미였다. 그 후 그녀는 내가 기분 좋게 흥얼거려도 다시는 비난하지 않았다.

"당신은 왜 행복해?" 흥얼거림 사건 이후 어느 날 아침 로즈메리가 물어보았다. "내 말은, 오늘뿐만이 아니라 평상시에 늘 왜 행복하냐는 거야." 나는 이런 질문을 받기까지 얼마나 멀리 왔는지를 생각하며 미소 지었다. 로즈메리를 돌보는 동안 내 삶에서 일어났던 일에 대해 생각해보면 이 질문은 꽤나 아픈 구석을 건드리는 질문이었다.

"글쎄요. 제가 행복한 이유는…… 결국 행복도 스스로 선택하는 것이기 때문일 거예요. 매일 행복해지려고 노력하기 때문이라는 거죠. 누구나 매일 행복할 수는 없어요. 나도 당신처럼 어려웠던 시절이 있었어요. 약간 다른 이유이기는 했지만 정말 힘들었어요. 하지만 내가 그동안 잘못한 것과 얼마나 열심히 했는지에 집착하지 않았어요. 대신에, 할 수 있는 한 최대로 지금 이 순간에 감사하려 했고, 매일 좋은 점들을 찾으려고 했어요." 나는 솔직하게 말했다. "우리는 무엇에 초점을 맞출지를 스스로 선택할 수 있어요. 나는 긍정적인 것을 선택하려고 노력해요. 당신을 알게 된 것, 매출 목표 달성이라는 압박에서 벗어나 내가 사랑하는 일을 하게 된 것, 오늘도 살아 있다는 것, 여전히 건강하다는 것…… 생각해보면 감사할 것들이 정말 많아요." 로즈메리는 내 말을 열중해서 들으며 미소를 지었다.

하지만 그녀에게 말하지 않았던 사실이 한 가지 있었다. 내가 그녀를 돌보는 동안, 나도 나 자신의 병과 싸우는 중이었다. 얼마 전에 나는 작은 수술을 했다. 전문의가 결과를 들고 나를 호출했다. 악성이 의심되므로 빨리 큰 수술을 해야 한다고 했다. 나는 그에게 생각해보겠다고 말했다.

"생각할 여지가 없습니다." 그는 단호하게 말했다. "이건 반드시 해야 되는 수술이고, 그렇지 않으면 1년 안에 죽을 수도 있어요." 또다시, 나는 그에게 생각해보겠다고 했다. 나는 이미 내 몸을 통해 큰 교훈을 얻은 적이 있었다. 우리 몸은 과거가 저장되는 곳이므로, 이것은 그리 놀라운 일은 아니었다.

우리가 느끼는 고통과 기쁨은 어떻게든 몸에 드러난다. 전에 몇 번이나 다양한 고통스러운 감정들을 치유해 작은 병들에서 가까스로 벗어난 경험이 있었다. 그래서 이번에도 거대한 치유의 선물이 내게 주어질 것이라고 믿었다. 그래서 그런 관점에서 내 병을 다루기로 했다.

하지만 나도 내 병이 많이 두려웠기 때문에, 나는 오직 한두 명과 이 상황에 대해 솔직히 이야기를 나눌 수 있었다. 이 병을 이기고 건강을 얻는 데 집중하기 위해선 내 모든 힘을 기울여야 했다. 그래서 나는 다른 사람들의 생각이나 두려움을 받아들이는 위험을 질 만큼 여유가 없었다. 아무리 사랑에서 나온 것이라 해도, 스스로를 치유하는 여정에는 다른 사람의 두려움을 위해 내줄 1인치의 공간도 없었다.

스스로를 치유하려면, 상황을 통제하지 않고 놓아버려야 했다. 그러기 위해선, 용기 있게 자신의 감정을 표현하는 것이 더욱 중요했다. 그리고 한동안은 상황이 더 어두워지는 것도 견뎌야 했다. 많은 과거의 상처와 오해들이 깊은 곳에서부터 떠오르기 시작했다.

처음엔 이것이 너무 어렵고 감정적으로도 고통스러웠다. 결국 죽음을 생각했고, 차라리 질병이 나를 이 세상에서 데려가주었으면 했다. 나는 내 인생 전체를 돌아보았다. 그리고 어쩌면 나의 노력에도 불구하고 이 질병 때문에 늙기도 전에 죽어버릴지 모른다는 생각이 들었다. 그 생각을 인정하고 받아들였다. 그러자 내 마음에 놀라운 평화가 찾아왔다. 나는 이미 멋진 인생을 살았고, 내 마음을 따라 소명을 지킬 수 있는 용기를 가졌다. 깨달음이 이 지점에까지 이르자 나는 어떤 결과든 받아들일 수 있었다. 그리고 죽음을 정면으로 마주할 수 있었다.

나는 명상을 계속하면서 내 마음에 찾아온 평화를 즐겼다. 그리고 계속 다양한 치유 도서를 읽으며 치유되는 모습을 시각화하는 기술도 연구했다. 그리고 내 안에서 분출되기를 원하는 감정들을 분출하려고 노력했다. 많은 변화가 내 안에서 일어나기 시작했다. 드디어 최악의 상황이 내 뒤로 지나갔고, 이제 건강을 회복하는 길로 들어섰다는 느낌이 드는 단계에 이르렀다.

그 즈음 내게 교외의 꽤 부유한 지역에 있는 작은 집을 돌봐주는 일이 들어왔다. 온통 덩굴로 덮인 그 집은 높은 울타리 뒤에 숨어 거의 눈에 띄지 않았다. 참으로 사랑스러운 집이었다. 욕조에 따뜻한 물을 받아놓고 몸을 담그는 것은 늘 내 삶의 낙이었다. 이 집에도 거대한 욕조가 있었다. 이렇게 내게 좋은 환경 속에서 주스만 마시며 단식을 해서 몸 안의 독소를 배출시키기로 했다. 흔히 주스 다이어트라 부르는 이 방법으로 전에도 많은 효과를 보았다. 그리고 이 기간 중에 침묵 명상을 하기로 했다.

내 몸은 항상 내 감정 상태를 드러내는 훌륭한 지표였다. 그전에도 작은 질병 증상이 나타나면, 며칠 혹은 몇 주 전부터 생각이나 활동에 어떤 문제가 있었다는 것을 알 수 있었다. 시간이 흐를수록 내 몸은 점점 더 명확하고 정직한 자신과의 의사소통 채널이 되고 있었다. 나는 늘 몸이 말하는 것에 귀 기울이며, 더 나아지기 위해 최선을 다했다. 종종 내가 돌본 환자들이나 친구들은 어떤 조치를 취하기 오래 전부터 그들 몸에 뭔가 문제가 있다는 것을 알았다고 하는 경우가 있었다. 나는 또 이들을 통해 한 번 건강을 잃으면, 삶의 질이 크게 떨어지는 것도 보았다. 그래서 나는 내 몸에서 어떤 신호가 오면, 가능한 빨리 최선을 다해 대처했다. 건강은 일단 한 번 사라지는가 싶으면, 종종 놀랄 만큼 자유롭게 영원히 떠나버리고 만다. 다시는 돌아오지 않는다.

그 집에 머물면서 실천한 명상 요법들 중 하나는 내가 당시 구입한 어떤 책에서 가르침을 얻은 것이었다. 하지만 치유에 성공할 때까지는 많은 단계들을 거쳐야 했고, 그에 따라 많은 노력이 필요했다. 이 특별한 책은 우리 몸을 이루는 세포가 어떻게 작용하는지에 대한 정보를 다루고 있었다. 세포들은 스스로 작용해 질병에서 벗어날 수 있는 능력을 가지고 있었다. 따라서 명상을 통해 얻은 에너지를 작용시켜 세포 수준에서 치유가 이루어지게 할 수 있었다. 그래서 이른 아침에 명상용 쿠션 위에 앉아서 내면 깊은 곳 평화로운 곳으로 빠져들었다. 나는 내 병이 치유되는 모습을 시각적으로 상상하면서, 온몸의 세포들에게 만약 내 몸 속에 질병이 조금이라도 있다면, 내가 그것으로부터 벗어나게 해달라고 요청했다.

그렇게 며칠 동안 명상에 집중하던 어느 날, 속이 메스꺼워 도저히 참을 수 없게 되었다. 나는 뛰어가 아주 심하게 구토를 하기 시작했다. 내 몸 속 깊은 곳으로부터 오물을 게워내는 느낌이 들었다. 토할 것이 아무것도 남지 않았다고 느낄 때까지 구토는 계속되었다. 나중에는 거의 탈진해서 목욕탕 바닥에 앉아 욕조에 기대었다. 그래도 더 토하고 싶어질지도 모른다는 생각에 멍한 상태로 기다리고 있었다. 드디어 신호가 왔고, 이번에는 더 심하게 게워냈다. 정말 더는 토할게 없어 멈추었을 때에는 그 사이에 너무 애쓴 나머지 쓰러지기 직전이었다. 욕조를 짚고 간신히 일어서야 했다. 구토를 너무 심하게 했더니 배도 당기고 아팠다. 명상을 하던 방으로 돌아가면서 내 정신 세계가 다른 단계로 올라섰다는 느낌이 들었다. 나는 부드러운 카펫 위에 담요를 덮고 웅크리고 누워 6시간 정도 계속 잤다.

늦은 오후, 지는 햇살이 방으로 깊숙히 비춰들었다. 저녁으로 가면서 쌀쌀해지는 기온이 나를 부드럽게 깨워 주었다. 새로운 인생을 선물 받은 느낌이었다. 이 치유의 지점까지 나를 이끌어준 힘과 그 힘을 믿고 끝까지 견딘 내 용기에 감사하는 기도를 했다. 너무도 큰 기쁨이 내게 밀려왔다.

단식을 끝내기로 하고, 부드러운 저녁 식사를 준비했다. 행복한 가운데 얼굴이 지끈지끈 아팠다. 그것으로 끝이었다. 내 몸은 치유되었고, 그 이후 지금까지 어떤 증상도 나타나지 않고 있다. 나는 누구나 각자에게 맞는 치유 방법이 있다고 생각한다. 그것이 외과 수술이든, 자연치료요법이든, 동양전통의학이든 간에, 무엇이 가장 잘 맞는지는 자신만이 안다. 나도 내게 가장 잘 맞는다고 생각되는 방법을 선택했다. 그리고 힘겨운 시간을 극복하기 위해 내가 배웠던 모든 것을 동원해야만 했다.

하지만 내가 돌보는 말기 환자들에게 이 이야기를 들려주지는 않았다. 내가 택한 방법들은 내 인생을 통해 거의 40년이란 준비 기간을 거쳐 마련된 것이었고, 몇 달 동안 나는 질병 치유에만 거의 매달렸다. 그들에게 내가 선택한 방법을 알려주며 거짓 희망을 주는 것은 옳지 않았다. 그리고 내가 만난 환자들은 이미 인생의 끝자락에 너무 가까이 와 있었다. 이런 치유를 경험하면서 나는 인생이라는 선물에 대해 더욱 감사하게 되었다. 그 후부터는 행복을 선택하며 사는 것이 일상이 되었다. 물론 행복하다고 말할 수 없는 시간도 있었다. 하지만 힘든 시간들이 지나면, 그 시간만이 줄 수 있는 선물

을 안겨줄 것이다. 선물의 끝에는 또 다른 평화와 행복이 기다리고 있다는 것을 알기에 더 힘든 시간도 무던히 받아들일 수 있었다.

로즈메리는 내게 왜 항상 흥얼거리며 행복해하느냐고 물었다. 정확히 그 이유를 말하자면, 스스로 노력해서 기적을 경험했고, 그 결과 나 자신이 강하고 축복받은 존재라고 느꼈기 때문이었다. 내게 왜 행복하냐고 물었던 그날, 로즈메리는 자신도 행복해지고 싶지만 어떻게 하는지 모르겠다고 했다.

"글쎄요, 그냥 행복한 척하세요. 30분 동안이요. 아마도 그러다보면 진짜로 행복한 기분이 들 거예요. 몸이 먼저 웃으면 감정도 따라오는 법이에요. 그러니까 아무리 우울해도 꼭 30분 동안만 부정적인 말도 하지 말고, 얼굴도 찡그리지 말고, 불평도 하지 말아보세요. 대신에 좋은 것에 대해 이야기하고, 필요하다면 아름다운 정원을 집중해서 관찰하거나 해보세요. 어쨌든 웃어야 한다는 것을 기억하세요." 나는 그녀에게 행복해지고 싶을 때 즐겨 사용하는 방법을 가르쳐 주었다. 그리고 내가 그녀의 과거를 모른다는 사실을 상기시켜 주었다. 그녀가 행복한 사람이 되겠다고 선택한 뒤 행복을 느끼면 되는 것이었다. 그러면 나는 그녀를 행복한 사람으로 받아들일 것이다. 그녀는 얼마든지 그녀가 되고 싶은 사람이 될 수 있었다. 그리고 때때로 행복은 의식적인 노력을 필요로 한다.

"당신이 알다시피, 내가 행복해질 자격이 있다고는 생각하지 않아. 난 집안의 명예를 더럽힌 이혼녀야. 내가 어떻게 행복하겠니?"

그녀는 진심으로 자신이 행복해질 자격이 없는 존재라고 생각하는 듯했다. 그게 더 내 마음을 아프게 했다.

"스스로에게 행복을 허락해주세요. 멋지고 아름다우시잖아요. 충분히 행복을 누릴 자격이 있으세요. 자신에게 좀더 너그러워지시고, 행복해지기로 선택하시면 돼요."

나는 로즈마리를 방해하는 것들이 무엇인지 너무나 잘 알고 있었다. 나도 과거에 그런 방해를 받은 적이 있었으니까. 그래서 가족의 편견이나 그들이 신경 쓰는 평판은 그녀에게서 행복을 빼앗아갈 뿐이라고 말해주었다. 물론 그녀가 그렇게 하도록 내버려두었을 때만 행복을 앗아간다고 강조했다. 이런 이야기를 나누는 동안에도 적절한 유머로 분위기를 띄웠기 때문에, 우리 사이에는 계속 행복이 흐르고 있었다.

비록 처음에는 주저했으나, 로즈메리는 자신이 행복해지도록 조금씩 허락했다. 날마다 마음의 벽을 허물며, 종종 미소를 짓다가 결국 이따금씩 웃음을 터뜨리기도 했다. 물론 옛날 습관이 나올 땐 여전히 내게 무례하게 간섭하며 이것저것 명령을 내리기도 했다. 그럴 때 나는 그냥 웃으면서 이렇게 말했다. "제 생각은 다른데요." 그러면 그녀는 예전처럼 화를 내지 않고 나와 함께 웃었다. 그리고 좀 더 친절하게 요청하는 말투로 바꾸었다. 나는 그녀가 요청하는 것은 거의 군말 없이 다 해주었다.

로즈메리의 몸은 하루가 다르게 쇠약해졌다. 그녀가 책을 쓰는 것에 대한 얘기를 할 때 내가 적극적으로 격려하며 대화에 참여하지 않아도, 더 이상 이상하게 여기지 않았다. 로즈메리가 침대에서 나와 있는 시간 또한 점점 줄었다. 이제는 씻는 것까지 침대에서 해결해야 했다.

내가 침실이 아닌 다른 곳에 있으면, 그녀는 말동무를 해달라고 나를 부르곤 했다. 로즈메리의 방에는 이제 침대가 두 개였다. 예전에 쓰던 침대는 그대로 두고 병원 환자용 침대를 그 옆에 들였다. 그녀는 일어나 앉기조차 힘들어했기 때문에, 유압으로 높낮이를 조절할 수 있는 침대가 필요했다. 내가 다른 할 일 없이 그녀의 말동무가 되어줄 때에는 그녀의 옛날 침대에 눕곤 했다. 우선 로즈메리가 옆으로 누워 얘기할 수 있어 편했고, 나 또한 그 자세가 편하고 좋았다.

오래 지나지 않아 우리는 오후에 낮잠을 자는 습관을 갖게 되었다. 그녀가 자는 동안, 집안은 너무 고요했다. 그런 분위기에서 그녀가 필요로 할 때 응하려고 옆에 있다 보면, 나도 어느새 잠이 들

었다. 우리는 잠에서 깨면 자신이 꾼 꿈들에 대해 이야기했다. 이런 대화는 내가 일어나서 다른 일들을 해야 될 때까지 계속되었다. 두 사람 모두에게 아주 특별하고 평화로운 시간들이었다.

어느 오후, 우리가 누워서 이야기를 나눌 때, 로즈메리는 죽음이 어떤 것인지, 다른 사람은 어떻게 죽어가는지를 물어보았다. 이런 질문은 다른 환자들에게서도 받은 적이 있었다. 이것이 마치 임산부가 다른 아기 엄마에게 출산 경험에 대해 물어보거나 여행자가 다른 여행자에게 특정 국가를 다녀온 경험에 대해 물어보는 것과 비슷하다. 물론 이미 죽은 사람에게는 죽음이 어떤 것인지 물어볼 수 없다는 점에서 좀 다르긴 하다. 그런 이야기를 해줄 수 있는 사람은 모두 이 세상에 없기 때문이다. 그래서 말기 환자들은 종종 내가 경험한 다른 사람의 죽음에 대해 알고 싶어 했다.

현대 사회에서 죽어가는 사람이나 혹은 그냥 아픈 사람을 치료할 때, 영혼이나 감정과 관련된 면은 거의 강조되지 않는다. 하지만 특히 죽어가는 사람들에게는 이런 측면이 정말 중요하다. 만일 그들이 이런 문제를 돌아볼 수 있는 축복을 받지 못하면, 가슴 속에선 계속 의문이 남는다. 죽음을 앞두고서 영혼이나 감정을 들여다보는 것은 아주 두려운 일이다. 또 누구와도 공유하기 힘든 고립된 일이기도 하다. 현대 사회에서 영혼 혹은 감정의 건강이 신체적인 건강과 연결되어 있다는 것을 좀더 폭넓게 인정할 필요가 있다. 그래야만 인생 여정의 모든 측면을 돌아보면서, 죽음이 닥치기 전에 자신의 감정을 조율하고 평화를 맛볼 수 있게 된다. 이제는 두려움과 공포로 인해 다가오는 죽음을 거부하며 괴로운 시간을 보내지 않아도 된다.

우리 사회는 애써 죽음을 외면하려는 경향이 있다. 그것은 우리의 명백한 실패들 중 하나이다. 그 실패 때문에 죽어가는 사람들은 해결되지 않은 많은 질문들을 가슴에 품고, 죽음을 받아들이지 못한 채 떠나간다. 진작 언젠가는 죽으리라는 것을 현실로 받아들였다면, 좀더 일찍 그런 질문들의 해답을 찾았을 것이다. 그리고 평화롭게 세상을 떠났을 것이다.

로즈메리에게도 더는 다가오는 죽음을 거부할 수 없는 때가 찾아왔다. 가끔 그녀는 혼자 있고 싶다고 했다. "생각할 것이 많다"고 하면서.

어느 이른 저녁에 그녀의 방으로 들어가자, 그녀가 말했다. "나 자신에게 더 많은 행복을 허락했어야 했어. 나는 그동안 얼마나 불쌍한 사람이었는지 몰라. 나는 내가 행복할 자격이 없다고 생각했어. 하지만 그렇지 않았어. 이제야 알겠어. 오늘 아침 당신과 함께 웃으면서, 행복해지는 것에 대해 죄책감을 느낄 필요가 없다는 것을 깨달았어." 그녀의 침대 가장자리에 앉아 계속 그녀가 말하는 것을 들었다.

"행복은 정말 우리 자신의 선택에 달린 문제야. 그렇지 않니? 우리는 스스로 그럴 자격이 없다고 생각하기 때문에, 혹은 다른 사람들의 그런 편견을 자신의 일부로 받아들이기 때문에 행복해지지 못했던 거야. 하지만 그것이 정말 우리 자신은 아니야. 우리는 누구나 행복한 사람이 될 자격이 충분해. 오 세상에. 내가 왜 진작 그걸 몰랐을까. 시간 낭비였어!"

나는 그녀에게 사랑스럽게 미소 지었다.

"나도 한때 자신이 행복해질 자격이 없다고 생각했어요. 하지만 어느 날 스스로에게 좀 너그러워지자고 생각했어요. 좀더 부드럽고 자비롭게 자신을 대하는 것이 더 건강한 방법이에요. 어쨌든 행복해지기로 선택한 그 순간부터, 우리 인생에 행복이 들어오는 것은 확실해요." 로즈메리는 웃으면서 이에 동의했고, 자신이 행복한 기분에 젖어 있다는 것을 확신할 수 있었다.

"나는 이제 나 자신을 좋아하기 시작했어, 브로니. 나 자신의 이런 밝은 면 말이야." 웃으면서 나도 그녀의 밝은 면이 좋다고 말했다. "오, 내가 그동안 너무 폭군이었지?" 그녀는 우리가 함께 지낸 처음 몇 주를 다시 생각하면서 웃었다. 물론 우리 사이에 항상 웃음만 있었던 것은 아니었다. 슬프고 예민한 시간을 같이 겪으며, 그녀 앞에 기다리고 있는 것이 무엇인줄 알았기 때문에 손을 잡고 같이 울던 때도 있었다. 하지만 최소한 로즈메리는 인생의 마지막 몇 달 동안은 행복을 경험했다. 행복할 때 짓던 그녀의 미소는 정말 아름다웠다. 나는 아직도 그것을 볼 수 있다.

그녀의 마지막 날 오후에 폐렴이 심해졌고 그녀의 목은 가래로 꽉 막혔다. 사랑스러운 친구들뿐만 아니라 몇몇 친척들도 속속 도착했다. 그녀의 죽음이 전체적으로 내가 보았던 죽음 중 가장 편안한 것은 아니었다. 하지만 죽음으로 떨어지는 고통스러운 과정이 놀라울 정도로 짧았다. 마침내 그 사랑스러운 여성은 다른 세계로 떠났다.

그날 오후에 보건소에서 간호사가 나오기로 예정되어 있었다. 그녀는 로즈메리가 죽고서 10분 후쯤 도착했다. 로즈메리의 친척들과 친구들은 부엌에서 이야기를 하고 있었다. 간호사와 내가 그녀를 씻겼고 깨끗한 잠옷으로 갈아입혔다. 간호사는 로즈메리를 만나본 적이 없었다. 그녀는 로즈메리의 시신을 보살피는 동안, 내게 그녀가 어떤 사람이었는지 물어보았다.

나는 영원한 잠에 빠진 사랑스러운 친구의 평화로운 얼굴과 몸을 바라보았다. 저절로 미소가 떠올랐다. 우리가 나란히 붙은 침대에

누워 이야기를 나누던 오후의 추억이 물밀듯이 밀려왔다. 로즈메리
가 웃는 모습, 심지어는 내게 오만하게 명령하던 모습들까지도 스
쳐 지나갔다.

"그녀는 행복했어요." 나는 진심으로 대답했다. "맞아요. 그녀는
행복한 여자였어요."

목적을 향해 달릴 때
현재는 그냥 지나간다

캐스는 내가 돌본 모든 환자 중에서 가장 철학적이었다. 그녀는 모든 것에 대해 의견을 가지고 있었다. 그런데 그녀의 의견들은 전혀 편견에 사로잡혀 있지 않았다. 모두 한결같이 풍부한 지식을 바탕으로 한 것이었다. 그녀는 지식과 철학 애호가로서 51년 인생을 살아오면서 정말 많은 책을 읽었고, 방대한 양의 지식을 흡수했다. 그녀는 특이하게도 자신이 태어난 집에서 평생을 살았다. "우리 어머니도 여기서 태어나고 여기서 돌아가셨어요. 나도 결국 그렇게 되겠죠." 그녀는 단호하게 말했다.

캐스는 욕조에 몸을 담그고 하는 목욕을 아주 좋아했다. 첫 두어 달 동안 우리가 나눈 최고의 대화는 그녀는 욕조 안에 있고, 나는 그 옆의 의자에 앉은 채로 이루어졌다. 나 역시 목욕을 좋아하고 즐겼기에, 캐스의 그런 취미를 충분히 이해했다. 그래서 최대한 가능할 때까지 그녀가 목욕할 수 있도록 도와주고 싶었다. 하지만 얼마 후, 그녀는 몸이 더 약해졌고 이제는 욕조를 이용할 만큼 힘이 남아 있지 않았다. 내가 옆에서 도와줘도 욕조에 드나들다 쓰러질 위험이 너무 커졌다.

마지막으로 욕조에 몸을 담그는 목욕을 하던 날이었다. 캐스는 울기 시작했다. 그녀의 눈물이 목욕물 위로 주르륵 떨어졌다. "모든 것이 떠나가고 있어요. 이번엔 목욕이에요." 그녀는 계속 울며 말했다. "그다음은 걷기일 거고, 그다음은 일어서기, 또 그다음엔 나 자신이 완전히 떠나겠죠. 내 삶이 사라져가고 있어요." 그녀는 더는 내 눈치를 보지 않고 흐느껴 울었다. 그녀를 가여워한 만큼, 나 역시도 거의 눈물이 터져나올 뻔했다. 하지만 누군가 그토록 정직하게 감정을 분출하는 것은 좋은 일이었다.

캐스는 눈물이 강을 이룰 만큼 펑펑 울었다. 그녀의 영혼 깊은 곳에서 터져 나오는 눈물이었다. 눈물이 겨우 그친 듯하면, 그녀는 욕조에 조용히 앉은 채로 물을 바라보며 수면에 어떤 모양을 그렸다. 그러다가 갑자기 전보다 더욱 깊고 근본적인 곳에서 터져나오는 흐느낌에 다시 몸을 맡기곤 했다. 그녀는 자신이 겪은 모든 슬픈 기억, 자신이 잃어버린 사람들, 이제 곧 영원히 잃어버리게 될 모든 사람들을 생각하며 울었다. 하지만 특히 그녀 자신을 생각하며 울었다.

내가 그녀에게 자신만의 시간을 주기 위해 자리를 피하려고 하자

그녀는 고개를 저으며 곁에 있어달라고 했다. 그래서 나는 그녀가 우는 동안 그녀에게 마음으로 사랑을 보내며 아무 말 없이 그 자리를 지켰다. 마음이 아팠다. 하지만, 그녀는 정신적으로는 더 건강해지고 있었다. 마음 깊은 곳에서 힘들게 붙들고 있던 것들을 모두 놓아버리고 있었기 때문이었다.

반 시간 정도가 더 흐르고 목욕물이 온기를 잃어갔다. 나는 물을 좀더 채우는 것이 어떻겠느냐고 물었다. 캐스는 고개를 저었다. "괜찮아요. 이제 됐어요." 그리고 욕조 바닥의 마개를 뽑고, 나오게 해달라고 나를 쳐다봤다. 그녀를 휠체어에 태우고 곧 햇볕 아래로 나갔다. 담청색 가운을 입고 타는 듯 붉은 슬리퍼를 신은 그녀가 평화로워 보였다.

"새소리를 들어봐요." 그녀가 웃으며 말했다. 우리는 둘 다 조용히 앉아, 새들의 노래를 즐겼다. 길 건너 나무에서 짝이 대답하듯이 노래하는 소리를 듣고 우리는 더욱 크게 미소 지었다.

"이제는 매일이 선물이에요, 이렇게 늙고 아프게 되니까, 하루하루 속에 담긴 어마어마한 아름다움이 보여요. 우리는 너무 많은 것을 당연하게 여기기 쉬워요. 브로니, 내 말을 잘 들어요." 근처의 나무 몇 그루에서 각기 다른 새들이 지저귀는 소리가 아름답게 들렸다.

캐스는 우리는 누구나 삶에서 무언가 더 얻으려 하기 쉽고, 어느 정도까지는 이것도 괜찮다고 했다. 우리의 존재를 확장시켜나가는 것은 꿈을 이루며 성장하는 과정의 일부이기 때문이다. 하지만 우리는 어차피 원하는 것을 모두 다 얻을 수 없고, 성장 과정에도 끝이 없다. 그러므로 다 얻고 다 이룰 때까지 미루지 말고, 이미 가진 것에 대해 감사하는 일이 가장 중요하다. 그녀는 이십 대든, 사십 대든, 삶은 언제나 너무 빨리 지나갔다고 했다. 그녀가 옳았다. 우리에게 주어지는 매일매일은 선물이자 축복이다. 어찌 됐든 우리가 사는 '지금'이 그 순간 우리가 가진 전부이기 때문이다.

지난 이십 년간, 나는 감사 일기를 써왔다. 하루가 끝날 때쯤, 그날 감사했던 몇 가지 일에 대해 적는 것이다. 보통은 감사할 일이 많았다. 하지만 때때로 힘들고 어두웠던 시기에는 감사한 일을 어떻게든 하나라도 떠올리려고 애쓰기도 했다. 축복거리를 찾는 것이 너무 힘들 때도 있었다. 하지만 포기하지 않았다. 그러면 겨우 감사한 일을 떠올릴 수 있었다. 깨끗한 물을 먹을 수 있다는 것, 잘 곳이 있다는 것, 배가 부르다는 것, 누군가 나에게 미소 지어주었다는 것, 새의 노래 소리를 들었다는 것 같은 일들이 떠올랐다. 하지만 항상 감사하는 습관을 들이고, 그것을 날마다 일기에 적으려면 조금 훈련이 필요했다. 특히 상황이 복잡할 때에는 더욱 그랬다. 그래서 일기에 다 쓰지 못할 때는 적어도 모든 선물이 주어질 때마다 속으로 감사 기도를 드리기로 했다. 감사를 위해 새로 만든 습관이었다.

자연에게는 언제나 매순간 감사했다. 분명하다. 예를 들어, 만약 부드러운 산들바람이 얼굴에 닿으면, 바깥에서 바람을 느낄 수 있을 만큼 건강한 것에 감사했다. 감사 일기 덕분에 분명 나는 매사에 감사할 수 있는 사람으로 거듭났다. 그런데 감사 일기보다 효과적인 것은 현재에 충실한 삶을 사는 것이었다.

"당신은 늘 감사하며 살려고 노력했으니, 많은 축복을 받았겠군요?" 캐스가 물었다.

"내가 방해하지 않을 때, 그리고 나 자신의 가치를 기억하고 그것이 그저 흘러가게 둘 때면, 축복이 날 찾아왔어요. 정말 내 삶에 많은 축복이 있었어요. 때로 나는 내가 고집하던 길에서 벗어나야 했어요. 또 다른 모든 이들처럼, 축복은 내가 감사하며 상황을 통제하지 않고 놓아버릴 때 더 많이 찾아왔어요."

캐스는 내 이론에 웃으며 동의했다.

"맞아요. 축복은 우리에게 흘러오고 싶어 해요. 하지만 감사하고 받아들이지 않으면, 그것을 막아버리는 게 돼요. 대부분 사람들은 자기가 가진 것이 얼마나 좋은지 깨닫지 못해요. 나도 오랫동안 그랬고요. 하지만 감사하게도 나는 이 병에 걸리기 전에 깨닫기 시작했어요.”

햇볕을 받으며 행복한 시간을 보내고 나자, 캐스는 점심도 해야 했고, 좀 쉬기도 해야 했다. 점심은 아이스크림과 익힌 과일이었다. 그녀가 이제 먹을 수 있는 것은 그것뿐이었다. 다른 것들을 씹으려면 너무 힘이 들고, 맛이 없다고 했다. 식사 후에는, 그녀를 침대에 편한 자세로 눕혀준 뒤, 커튼을 쳤다. 그녀는 요즘 진통제 양이 늘어서 좀더 편안해지긴 했지만, 더 지쳐 했다. 그래서인지 곧 그녀는 깊은 잠에 빠졌다.

초저녁에, 캐스의 옛 친구가 오랫만에 들렀다. 그들은 십 년도 더 전에 어떤 사건으로 사이가 틀어지긴 했지만, 여전히 좋은 친구였다. 친절하고도 존경스러운 우정이었다. 이제 그들 사이에는 안 좋은 감정이 없었다. 캐스를 정기적으로 찾아오는 방문객에는 오빠와 그의 아내, 아이들, 남동생이 있었다. 몇몇 이웃은 매일 들렀고, 친구들과 회사 동료들도 기회가 될 때마다 들렀다. 그녀는 아주 사랑받는 여자였다.

캐스를 찾아온 사람들과 이야기를 나누다보니, 그녀가 아주 열정적으로 일하면서 주위 사람들에게 늘 긍정적인 에너지를 주었다는 것을 알게 되었다. 여느 죽어가는 사람처럼, 그녀도 손님들이 최신 소식을 가져와 집 밖에서 무슨 일이 일어나고 있는지를 알려주면

아주 좋아했다. 죽어가는 사람들은 이제는 바깥세상에 나가 살 수 없기 때문에, 아주 작은 소식 하나하나까지 음미하는 것 같았다. 보통 친구들과 친척들은 죽어가는 사람들과는 무슨 이야기를 나누어야 할지 어려워한다. 하지만 바깥세상의 소식을 들려주는 것도 하나의 좋은 방법이다. 그런 소식은 세상이 돌아가는 걸 계속 느낄 수 있게 해주기 때문에 부정적이지 않고 긍정적이다.

캐스의 경우도 마찬가지였다. 그녀는 가능한 한 행복한 소식을 많이 듣고 싶어 했다. 하지만 방문객들에게는 이것이 꼭 쉬운 일만은 아니었다. 그들은 사랑하는 이의 죽음에 마음 아파했다. 나는 캐스에게 무엇이든 솔직하게 이야기할 수 있을 정도로 그녀와 편한 사이였다. 그래서 그녀의 친구인 수의 부탁으로, 하루는 그녀를 찾아오는 사람들의 감정을 언급했다.

수는 올 때마다 친구를 위해 긍정적인 태도를 유지하려 노력했다. 하지만 한 번쯤은 친구를 부둥켜안고, 눈이 퉁퉁 붓도록 울고 싶어 했다. 수는 캐스의 집에 들어서기 전마다 강하고 행복한 모습을 보이려고 차 안에서 얼마나 마음을 다잡는지 이야기해주었다. 그리고 돌아갈 때는 차 안에서 가슴이 미어지게 울었다. "나도 어느 정도는 그 사실을 알고 있어요." 캐스는 인정했다. "하지만 내가 수의 슬픔을 달래줄 수 있을지 자신이 없었어요. 내 슬픔을 견디는 것

조차 힘들거든요.”

　“굳이 견디려 하거나 달래지 않아도 괜찮아요.” 나는 말했다. “그냥 그녀가 감정을 솔직히 드러낼 수 있게만 해주세요. 그녀가 자기 감정을 이야기하려 할 때 말을 다른 데로 돌리거나 하시지 말고요. 그녀는 그저 친구를 얼마나 사랑하는지 말하고 싶은데, 울지 않고는 아니면 우는 것을 허락받지 않고는 그렇게 할 수 없는 거예요.”

　캐스는 내가 왜 그런 이야기를 하는지 이해했다. 그리고 자신이 모두를 그토록 슬프게 만드는지 몰랐다고 했다. 그녀는 당황했다. “세상에, 캐스. 인생의 이 시점에서 자존심은 버려도 되지 않을까요?” 나는 단도직입적으로, 하지만 상냥하게 물었다. 그녀는 대답

나 자신에게
더 많은 행복을
허락했더라면

으로 웃었다. "그냥 툭 터놓고 서로의 슬픔을 솔직히 얘기하세요. 다른 사람들이 얼마나 당신을 사랑하는지도 말할 수 있도록 해주시고요." 나는 말했다.

캐스는 나에게 웃어 보였고, 잠시 말이 없다가 대답했다. "예전에 내 병의 심각성을 깨닫고서, 감정을 받아들이고 부정하지 않는 법을 배웠어요. 이제는 감정들이 생기면 부정하지 않고 그냥 놔두죠. 그래서 내가 그날 욕조에서 당신이 보고 있는데도 자유롭게 울 수 있었던 거예요. 순간적으로 느끼는 감정을 막아서거나 부정하지 않고, 늘 있는 그대로 받아들이려고 해요. 어차피 감정도 생각과 마음의 부산물이에요. 더 좋은 것들에 집중하면 새로운 감정을 느낄 수 있어요. 하지만 그러려면, 이미 내 안에 있는 감정들을 내보내는 것이 최선이죠. 하지만 다른 사람들의 감정에 대해선 그렇게 하지 못했던 것 같아요. 그들이 감정을 솔직하게 표현하지 못하게 막고 있었어요. 그들의 감정을 존중하지 못했어요." 캐스는 고개를 저으며 한숨 쉬었다. 잠시 생각에 잠겼다가 날 보고 웃으며 말했다. "이제 용기를 내 그들도 울 수 있게 해줘야겠어요."

캐스의 친구들과 친척들이 그녀에 대해 최근에 쌓아온 감정은 공유되어야 했다. 그들은 그녀를 사랑했고, 그 사랑을 보여주고 싶어 했다. 심지어 가끔 눈물을 흘려야 될지라도 말이다. 그 후 곧 캐스와 방문객들 사이에는 눈물 어린 대화가 이어졌다. 하지만 그들 사이에 흐르는 사랑은 감격적이었다. 그들은 마음을 활짝 열었다. 어떤 면에선 가슴 아픈 눈물도 맛보아야 했지만, 사랑의 표현이 흐르도록 함으로써 치유되고 있었다.

특히 눈물을 많이 흘린 어느 날이었다. 마지막으로 방문했던 친구가 막 떠났다. 그녀는 슬퍼 눈물 흘리면서도, 시야에서 사라지기 전까지 캐스와 농담을 나누며 웃었다. 그녀가 떠나자, 캐스는 애정 어린 눈으로 나를 바라보았다. "그래요, 감정을 풀어주고 그대로 받아들여 주는 것은 정말 중요해요. 내게나 친구들에게나." 그녀는 계속 말을 이었다. "친구들에게 좋은 추억도 될 거예요. 이제 더는 필요치도 않은 감정을 누르면서 힘들어 하지 않아도 될 테니까."

그녀가 상황을 논리적으로 분석하는 것을 즐기면서, 나는 이해의 의미로 고개를 끄덕였다. 나는 힘들고 어려운 시간을 지나오면서 감정과 나 자신을 분리시키는 법을 배웠다. 나는 감정들이 단지 내가 느끼는 고통이나 기쁨일 뿐이지 진정한 나 자신은 아니라는 것을 깨달았다. 모든 사람처럼, 내 안에도 영혼의 지혜가 있었다. 하지만 그런 신성한 지혜와 진정한 자신을 알려면, 내 감정부터 놓아버려야 했다. 그래야만 우리는 진정한 나 자신에 도달할 수 있다.

캐스는 이미 몸이 너무 허약해졌고, 몸무게도 많이 줄어들었다.

"나는 죽어가고 있어요. 확실히." 어느 날 아침 그녀는 변기에 앉은 채 선언하듯이 말했다.

환자들이 휴대용 변기에 앉아 아침 볼일을 볼 때, 대체로 나는 근처에 앉아 있었다. 그리고 그때 주로 많은 대화가 이어진다. 그들이 변을 보고 있다는 사실은 좋은 대화를 나누는 데 정말 아무런 방해도 되지 않았다. 그저 일상의 일부였다. 그 후 캐스가 다시 침대로 돌아가는 것을 도우면서, 몇몇 신호들이 그녀의 삶이 막바지에 이르렀음을 가리키는 데 동의했다.

침대에 자리를 잡고는, 그녀가 말했다.

"나는 내가 살아온 것에 유감은 없어요. 왜냐면 삶을 통해 많은 것을 배웠거든요. 하지만 기회가 다시 주어진다면, 더 많은 행복을 받아들였을 거예요." 나는 그녀의 말을 듣고 조금 어리둥절했다. 이미 다른 고객들에게서도 많이 들었던 말이기는 했다. 하지만 캐스는 행복한 사람으로 보였기 때문이다. 죽어가는 사람이고 몸이 무너져 가며 고통을 느끼기는 했지만, 이제까지 살아온 삶은 아주 행복해 보였다. 그래서 나는 그녀에게 왜 그런 후회를 하는지 되물었다.

그녀는 자신이 일을 너무 사랑했고, 결과를 얼마나 강조했는지 말해줬다. 캐스는 문제 청소년에 대한 프로젝트를 진행했고, 만족스러운 삶을 위해서는 기여가 필수적이라고 믿었다. "우리 모두는 나눌 수 있는 재능이 있어요. 모두가 말이죠. 직업이 무엇이든 관계 없어요. 중요한 것은 더 나은 세계를 만들려고, 의식적으로 기여하려는 점이에요." 캐스는 계속 설명했다. "세상이 더 나아지려면 우리 모두가 서로 연결되어 있는 존재라는 것을 깨달아야 해요. 그 어떤 좋은 것도 혼자서는 이루어지지 않아요. 경쟁과 공포 속에 대립하기보다는 모두에게 좋은 것을 위해 함께 일하는 법을 배울 수 있다면 좋을 텐데……."

대부분을 침대에서 보내게 되었어도, 캐스는 여전히 할 이야기가 많았다. 철학가로서의 캐스는 그녀에게서 가장 마지막으로 떠날 부분이었다(다행히 그 부분이 나와 아주 잘 맞았다). 나는 그녀의 팔과 손에 크림을 발랐고, 그녀는 계속해 말을 이었다. "모두는 세상에 긍정적인 기여를 할 수 있어요. 나도 내 나름으로 기여하려고 노력했죠. 그런데 그렇게 삶의 목적을 쫓아가는 동안, 스스로 즐기는 법을 잊었어요. 내가 추구하는 결과가 전부였어요. 진심으로 기여하겠다는 목적으로 할 수 있는 일을 찾아내고, 그 일의 결과에 전부를 걸었어요."

내가 종종 듣던 말이었다. 목적을 향해 노력하는 동안, 즐길 수 있는 현재 이 순간을 모두 지나치고 만다. 이것이 캐스가 말하려던 것이었다. 그녀가 얻은 최후의 결과는 행복이었지만, 거기에 도달하기까지는 거의 즐거움을 느끼지 못했다. 하지만 그것은 누구나 빠지기 쉬운 함정이다. 자신도 포함해서 말이다.

캐스는 계속 말했다. "물론 무엇이든, 목적을 갖고 세상에 기여하기 위해 노력하는 것은 중요해요. 하지만 최후의 결과에 따른 행복만 추구하는 것은 올바른 길이 아니에요. 매일매일 살아 있는 것에 감사하고, 현재의 행복을 즐기고 인정해야 해요. 결과가 나오고 나서, 혹은 일을 다 마치고 은퇴하고 나서, 또 무언가를 해내고 난 후가 아니라 지금이 더 중요해요."

캐스의 이야기를 다 듣고 나서 내가 그녀의 말에서 이해한 내용들을 간단히 얘기해주었다. 그리고 담요를 여며주고 오랫동안 얘기하느라 지친 그녀에게 차를 타주려고 나갔다. 정원에서 신선한 레몬그라스를 조금 따며, 방금 캐스가 했던 말에 대해 생각했다. 다른 죽어가는 사람들도 종종 그와 비슷한 말을 했다는 사실이 떠올랐다. 주전자에 든 레몬그라스의 향기가 부엌으로 은은하게 퍼지고, 새의 노래 소리가 귀를 즐겁게 했다. 아주 쉽게 지금 이 순간의 행복에 감사할 수 있었다.

캐스는 이제 좀 쉬며 내 이야기를 듣고 싶어 했다. 그녀는 내게 어디에 사는지 물었다. 나는 웃으면서 친구들이 나에게 전화를 할 때마다 맨 처음으로 묻는 질문이 그것이라고 했다. "요즘은 어디에

서 지내?"는 정말 내 귀에 익은 말이었다. 나는 캐스에게 떠돌며 살아온 이전 삶에 대해 들려주었다. 이어서 최근 몇 년 동안 남의 집을 봐주면서 그런 떠도는 삶에 대한 나의 열정이 어떻게 시들기 시작했는지도 모두 말했다. 멜버른에서 집을 봐주는 일은 시드니에서 그랬던 것처럼 꾸준히 있는 일이 아니었다. 다음에 어디에서 살지 모르는 상황이 점점 나를 지치게 만들었다. 이사를 하는 과정도 지겨웠다. 내가 한때 즐기고 사랑했던 일이 이제는 나를 지치게 하고 있었다.

집을 봐주는 일을 하는 사이에 몇몇 친구들의 집에서 지내다가, 최근에는 조금 알고 지내는 집의 남는 방을 하나 빌렸다. 집주인의 친절과 몇 주마다 이사를 하지 않아도 되는 것에는 매우 감사했다. 하지만 그 방도 여전히 남의 집이었다. 오랜 기간 머무르기엔 이상적이지 않았다.

다시 나만의 공간을 갖고 싶다는 갈망이 생기기 시작했다. 나만의 부엌과 집을 가져본 지도 거의 십 년이 다 되었다. 51년 동안이나 한 집에서 산 캐스로서는 내 삶이 상상도 되지 않는다고 했다. 나 역시 그녀와 같은 삶은 상상도 못하겠다고 말하며 웃었다. 비록 내 집을 다시 갖고 싶긴 하지만, 언제나 조금은 떠돌아다니고 싶을 것이라고도 했다. 하지만 이제는 정착된 집을 가지고, 그곳에서 여행을 떠났다가 다시 그곳으로 돌아가는 삶을 살고 싶었다. 떠나고 싶은 욕망이 생길 때마다 내 집 전부를 옮기는 일은 이제 그만하고 싶었다. 내 안에서도 변화가 일어나고 있었고, 나만의 부엌과 내 집에서 나만의 시간을 보내고 싶었다.

캐스는 웃으며, 내가 삶의 방식을 자주 바꾸며 인류 평균의 법칙을 도왔다고 말했다. 반 세기 동안 같은 집에서 사는 그녀 같은 사람이 있는가 하면 나처럼 늘 떠도는 사람도 있어야 균형이 맞지 않겠느냐며, 우리는 킥킥거렸다.

캐스와 나는 너무 다른 삶을 살았지만, 강한 유대감을 느꼈다. 우리는 둘 다 철학을 사랑했다. 그녀는 내가 말기 환자 간병인으로 언제까지 일할지 궁금해했다. 그리고 전직이 은행원이었다는 이야기를 듣고는 깜짝 놀랐다. "오, 상상도 못했어요." 그녀가 말했다.

"저도 제가 그런 일을 했다는 게 믿기지 않아요." 나는 웃었다. 그 시절을 다시 돌아보니 놀라웠다. 이제는 나 자신이 그 세계에 있었다는 사실을 상상하기조차 힘들었다. "스타킹, 하이힐, 회사 유니폼, 이런 것들은 나에게 결코 어울리지 않았어요. 딱 짜여진 삶도요."

"당연히 그랬겠죠. 그 이후 당신이 선택한 삶을 생각해보면, 그건 너무 당연해요." 그녀는 살짝 웃고 나서, 좀더 심각하게 간병인으로 얼마나 더 오래 할 것인지, 다른 일에 대한 열망은 없는지 물었다.

우리 사이에 더 이상 비밀은 없었다. 나는 이미 정직의 중요성을 배웠고, 놀랍게도 이 주제에 대해선 이미 자유롭게 이야기할 수 있는 준비가 되어 있었다. 최근 이 주제에 대해 여러 가지 생각이 많았기 때문에, 캐스와 이야기를 나누니 좀더 정리되는 기분이 들었다.

지난해부터 계속 하나의 생각이 맴돌고 있었다. 교도소에서 작사 작곡을 가르치는 프로그램을 운영해보고 싶어졌다. 교도소 시스템에 대해서는 아무것도 몰랐지만, 이 생각은 계속 내 머리를 떠나지 않았다. 시간이 흐르면서 이런 생각의 씨앗은 계속 천천히 자라났다. 최근 나에게 많은 도움을 주었던 훌륭한 여성과 연락을 하고 지냈는데, 기금을 마련할 기회를 알아봐 주겠다고 했다.

"그래요. 다시 살아 있는 사람들 곁으로 돌아가요, 브로니. 물론 지금 여기서 당신은 훌륭히 해내고 있고, 이 일도 확실히 당신의 목표 중 하나일 거예요. 하지만 때로는 당신을 너무 지치게 만들 거예요." 캐스는 내 일에 대한 분명한 생각을 말해주었다. 나도 이 일을 시작한 지 이제 거의 8년이 되었고, 더 계속하면 곧 벽에 부딪힐 것 같다고 인정했다. 나는 지쳐가고 있었다. 이제는 다른 일을 하고 싶었다.

간병인으로 일하면서 인생의 가장 끝에서도 사람들이 성장하고 평화로워지는 것을 보았다. 내겐 더할 수 없이 명예로운 일이었고,

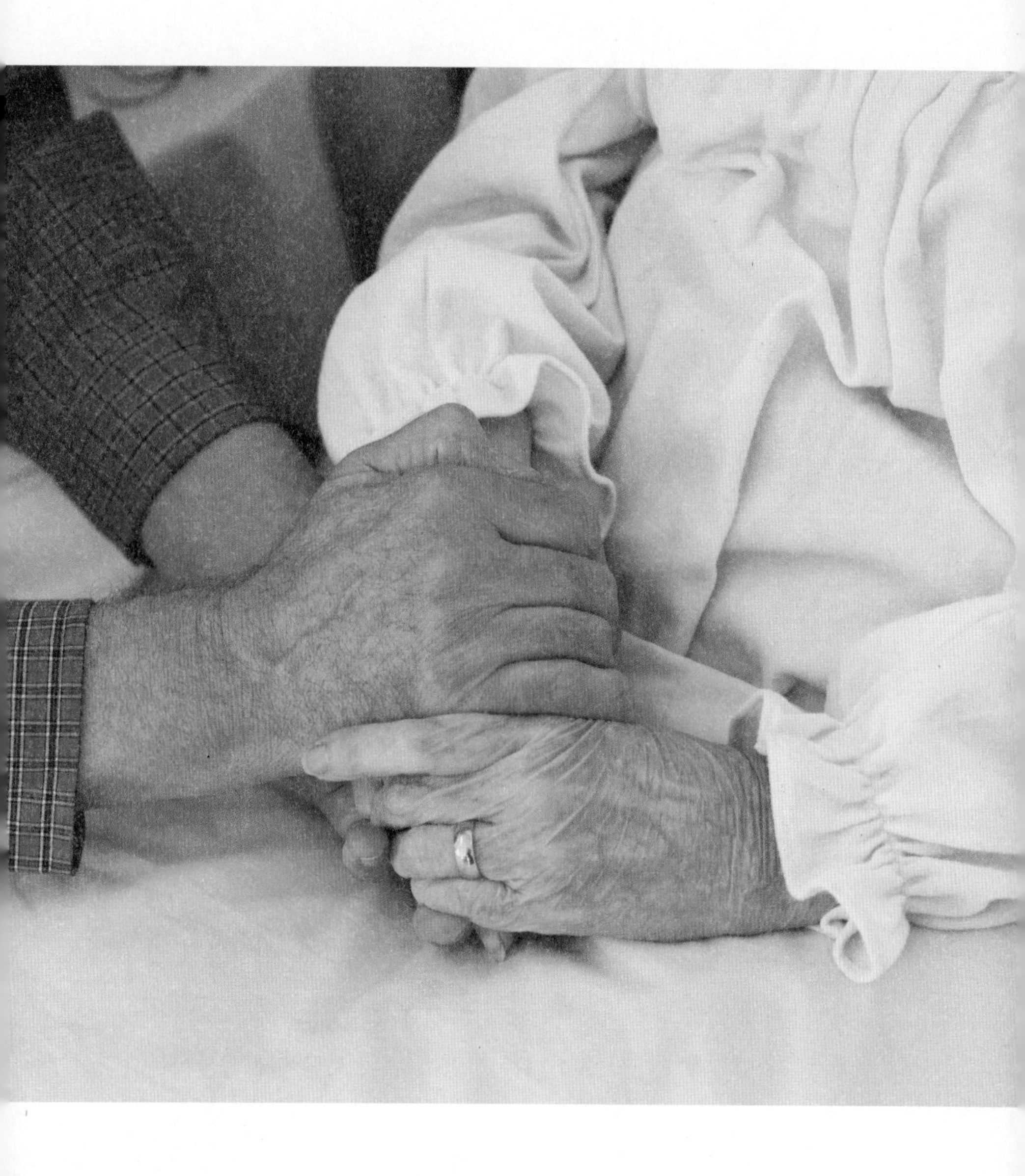

너무도 많은 교훈과 성취감을 보상으로 받았다. 나는 정말 이 일을 사랑했고, 지금도 여전히 사랑한다는 사실에는 변함이 없다. 하지만 이제는 조금이라도 희망이 있는 곳에서 일해보고 싶었다. 죽기 전에 새롭게 변화된 인생을 살 기회가 아직 남아 있는 사람들과 함께 말이다. 다시 정착해서 살 집을 구하게 되자, 여기에 새로운 열망이 추가되었다. 집에서 더 많은 시간을 보낼 수 있는 일이면서도 완전히 창의적인 일을 하고 싶었다.

캐스에게 내 생각을 모두 말하고 나자, 내가 하려는 일에 대해 분명한 확신이 생겼다. 교도소에서 가르친다는 생각이 점점 더 나를 크게 지배하고, 간병 생활도 끝을 향해 가고 있었다. 그래야 했다. 그 일에 내가 바칠 수 있는 거의 모든 것을 다 쏟아놓은 기분이 들었다.

캐스는 죽기 직전, 기력을 회복했고 이틀 정도는 나아지는 것 같았다. 나는 전에도 이런 현상을 몇 번 보았다. 지체없이 정기적으로 그녀를 찾아왔던 모든 사람들에게 전화를 걸어 짧게나마 마지막 시간을 보내라고 했다. 그녀는 확실히 인생의 끝으로 가고 있었다. 방문객 중 몇몇은 그녀가 너무나도 괜찮아 보이고 기력이 나아진 것 같자, 나에게 어떻게 된 일인지 묻기도 했다. 캐스가 보여준 회복은 오랫동안 아픈 뒤에 세상을 떠나는 사람이 주위 사람에게 선물하는 축복인 것 같았다. 떠나가는 사람이 건강했을 때의 모습을 잠깐이나마 기억할 수 있게 해주기 때문이다. 이틀 동안, 캐스의 방에서는 오랜만에 웃음소리가 들려왔다. 그녀는 친구나 가족들에게 재치 있는 농담을 던졌고, 여전히 아름답고 명료한 대화를 즐겼다.

하지만 다음 날 내가 도착했을 때, 그녀는 죽어가고 있었다. 그녀는 내 말에 거의 대답도 하기 힘들었다. 캐스는 아무 힘없이 축 늘어져 그렇게 사흘을 더 살았다. 거의 잠만 잤지만, 깨어났을 때는 내게 미소를 지었다. 심지어 변기에 앉아 소변을 보는 것도 이제는 사치였다. 나는 패드를 갈고 그녀를 씻겼다.

친구들은 다시 경건하게 인사를 하고 떠났다. 그게 사랑하는 캐스를 향한 마지막 인사가 되리라는 것을 알았다. 마지막 삼 일째 되는 날, 캐스가 그날 밤을 넘기기는 힘들 것 같았다. 그래서 교대 시간이 끝나고도 머물렀다. 캐스의 오빠와 그의 아내도 함께 있었다. 야간 간병인은 아직 한 번도 죽은 사람을 본 적이 없었기 때문에, 내가 머문다는 사실에 크게 안도했다. 문득 내가 처음 이 일을 시작했을 때가 떠올랐다. 그동안 내가 얼마나 멀리 왔는지 다시 한 번 느껴졌다. 그땐 정말 내가 얼마나 많은 아름다운 사람들과 긴밀한 만남을 가지게 될지, 또 얼마나 소중한 교훈들을 얻게 될지를 전혀 알지 못했다.

　마지막 며칠 간 캐스는 더 이상 알약을 삼키지 못했다. 진통제는 주사로 투여되었다. 그날 저녁에도 간호사가 약을 주사하러 왔다. 캐스는 이제는 깨어나지도 논리적인 말을 하지도 않았다. "이게 마지막일 거예요." 간호사가 캐스의 오빠와 내게 말했다. "아무튼 오늘밤을 넘기긴 힘들 거예요." 우리는 조용히 그녀를 배웅했다. "한 시간 안에 돌아가실 거예요." 대문에서 인사를 하는 내게 간호사가 마지막으로 말했다. 이 일에는 너무나 많은 기쁨과 슬픔이 있었다. 영원한 작별에서 오는 슬픔도 있었지만, 환자의 고통이 끝나는 것과 우리가 나눈 사랑에서 오는 기쁨도 있었다. 씁쓸하면서도 달콤한 감정의 소용돌이 속에서 눈물이 천천히 흘렀다.

　캐스는 한 시간도 채 버티지 않았다. 내가 그녀의 방으로 돌아가는 동안에 죽었다. 그저 호흡이 조금씩 느려지다가 멈췄다. 몸은 여전히 침대에 누워 있었지만, 그 아름다운 영혼은 이제 다른 곳에 있었다. 나는 눈물을 흘리면서도 미소 지었다. 내 머리 속에는 아직도 그녀의 목소리가 들려왔다. "죽어가는 사람들과 다시는 어울리지 말아요. 다시 기쁨을 받아들여요." 죽기 전날 아침 그녀가 내게 희미하게 속삭이던 말이었다.

　눈물이 터져 나왔고, 그대로 흐르게 두었다. 나는 그녀의 침대 옆에 서 있었다. "행복한 여행이 되길 바라요. 내 소중한 친구." 나는 진심으로 조용히 말했다. 그녀의 오빠와 올케가 침대 옆으로 와서, 한 번씩 나를 꼭 안아주었다. 그들도 울고 있었다. 이제 그녀의 가족들이 원하는 형식적인 장례 절차가 행해져야 했다. 그래서 나는 마지막으로 캐스의 시신을 한 번 더 보았다. 내가 수없이 씻기고 마사지해주었던 몸이었다. 하지만 캐스는 더는 거기에 없었다. 그녀의 영혼은 떠났다. 하지만 아직도 내 마음속에서는 그녀의 영혼이 부드럽게 웃고 있었다. 나는 그녀의 가족들에게 마지막 인사를 했다. 야간 간병인도 길을 나서기 전 그들에게 작별인사를 했다. 마지막으로 캐스의 집을 나서자, 조용한 교외 주택가의 길을 따라 가로등이 빛나고 있었다. 나는 내 뒤로 조용히 대문을 닫았다.

죽음을 겪고 나면, 세상은 언제나 비현실적으로 느껴졌다. 내 정신이 한층 높은 곳으로 올라선 기분이었다. 마치 어느 다른 곳에서 이 세상을 관찰하는 기분이었다. 전차 계단을 오를 때에도, 주위 사람들을 거의 의식하지 못했다. 나는 전차에 앉아서 캐스와 함께했던 시간을 돌이켜보았다. 창밖으로 세상이 스쳐 지나고 있었다.

전차가 빨간 신호에 멈춰 섰다. 사람들이 식당에 들어가며 웃는 모습이 보였다. 훈훈한 저녁이었고, 오고 가는 사람들은 모두 아주 쾌활해 보였다. 그런 행복의 신호를 보자, 내 피곤하고 지친 입가에도 미소가 떠올랐다. 비로소 내 귀에도 전차 안의 소리가 들려왔다. 그 곳에도 행복하게 소곤소곤 나누는 이야기 소리가 있었다. 평소와 같은 밤이었다. 공기 중에는 행복이 있었다. 그날 밤은 분명히 내게 슬픈 시간이었지만, 캐스를 알게 된 행복이 함께하는 밤이기도 했다.

다른 이들의 웃음소리가 내 마음속에서 춤을 추었고, 행복한 기분이 들었다. 전차가 다시 움직이기 시작하자, 창밖을 보며 내 눈에 보이는 사람들의 가슴에 있을, 또 모두의 마음에 있을 선량함에 대해 생각했다. 내 마음이 감사함으로 따뜻하게 데워졌고, 웃지 않을 수 없었다.

나는 과거나 미래에 대해선 생각지 않았다. 행복은 지금 여기에 있었다. 그게 바로 내가 있는 곳이니까.

생의 반환점에서

The Top Five Regrets of the Dying

내린 결정

뜨거운 열대에서
차가운 눈의 나라까지

"틀니를 못 찾겠어. 내 이 어디 간 거야?"

오후 휴식을 막 즐기려는 찰나였다. 익숙한 외침 소리가 다시 나를 불러냈다. 읽던 책을 침대에 내려놓고, 거실로 천천히 걸어나갔다.

예상대로, 아그네스가 잇몸을 드러낸 채 미소 짓고 있었다. 난처해하는 모습이 어딘지 순수해 보였다. 우리는 눈이 마주치자 거의 동시에 깔깔거리며 웃기 시작했다. 그녀는 거의 며칠에 한 번씩 틀니를 잃어버렸다. 아무리 장난이어도 이젠 지겨울 만도 했다. 하지만 그렇지 않았다.

"날 불러내려고 꾸민 일이란 거 다 알아요."

늘 찾던 곳부터 뒤지기 시작했다. 아그네스는 고개를 흔들면서 단호하게 말했다.

"아니야. 잠깐 낮잠 자려고 뺐는데, 깨고 나니 없어졌어."

기억력이 흐려진 것 말고는 그녀는 똑똑한 사람이었다.

4개월 전이었다. 입주해서 노인을 돌봐줄 사람을 구하는 광고를 보고 아그네스의 집에 오게 되었다. 영국으로 건너와서 처음 한동안은 살 집을 마련하기 위해 식당에 입주해서 일했다. 일은 재미있었고, 동료 직원이나 주민들과 사귀는 것도 즐거웠다. 술집의 바에서 써먹을 기술을 미리 익혀두었기 때문에 영국에 도착하자마자 일자리를 잡을 수 있었다. 그것만으로도 감사했다. 삶에 변화의 바람이 부는 때였다.

해외로 나오기 2년 전쯤부터 나는 열대 섬에서 지냈다. 엽서에서 자주 볼 수 있는 그림 같은 풍광이 펼쳐진 곳이었다. 섬에 오기 전까지는 금융계에서 한 10여 년 일을 했다. 어느 날 문득 완전히 지친 나 자신을 깨달았고, 월요일에서 금요일까지 쳇바퀴 돌 듯 출퇴근하는 일에서 벗어나고 싶었다.

여동생 중 한 명과 북퀸즐랜드의 섬으로 휴가를 떠나기로 했다. 스쿠버다이버 자격증을 따기 위해서였다. 여동생은 그곳에서 다이빙 강사와 사랑에 빠졌다. 물론 그애의 연애 덕분에 우리는 좀더 쉽게 자격증을 딸 수 있었다. 나는 두 사람이 사랑을 나누고 있을 때면, 산에 올랐다. 하늘을 향해 우뚝 솟은 바위에 앉아 있노라면, 가슴으로 느껴지는 강렬한 소망이 있었다. 그것은 내가 섬에 살고 싶어 한다는 것이었다.

4주 후, 더 이상 은행에서 일하지 않기로 했다. 소유물은 팔거나 부모님이 있는 농장 헛간으로 보내버렸다. 나는 지도를 보고 적절한 위치에 있다고 생각되는 두 섬을 골랐다. 그 섬들에 대해 아는 사실은 마음에 드는 위치에 있다는 것과 둘 다 리조트가 있다는 것이 전부였다. 나는 일자리를 잡기 위해 필요한 서류를 미리 미지의 두 섬에 우편으로 보내고, 일단 더 북쪽에 있는 섬을 향해 떠났다. 1991년이었고, 아직은 호주에서 휴대전화가 널리 사용되지 않던 때였다.

몇 주가 지난 후, 내가 선택한 섬들 중 한 곳에서 일자리를 주겠다는 연락이 왔다는 말을 들었다. 그런데 난 어처구니없는 실수를 하고 말았다. 섬에 이력서를 보낼 때, 어떻게든 은행에서 벗어나려고 무슨 일이든 하겠다고 쓴 것이다. 며칠 후 드디어 난 아름다운 섬으로 건너가 살게 되었지만, 거의 매일 팔꿈치까지 물에 담그고서 더러운 냄비와 프라이팬을 닦아야 했다.

그래도 섬에 산다는 것은 멋진 일이었다. 무엇보다 월요일에서 금요일까지 러시아워에 시달리며 꼬박꼬박 출퇴근하지 않아도 되니 좋았다. 뿐만 아니라, 당장 오늘이 무슨 요일인지를 잊어버릴 정도로 시간에 얽매이지 않을 수 있었다. 난 정말 섬을 사랑했다. 접시를 닦으며 디시피그(접시닦이의 애칭)로 불리던 시간이 일 년 정도 흐르자, 드디어 바에서 어깨너머로 칵테일 만드는 기술을 배울 수 있었다. 물론 부엌에서 일했던 시간도 아주 즐거웠고, 창조적으로 요리하는 즐거움이 무엇인지도 배웠다. 하지만 열대 지방의 에어컨도 없는 주방에서 일하다보니, 온종일 더위와 줄줄 흐르는 땀에 시달려야 했다. 쉬는 날에는 깊게 우거진 열대우림을 거닐거나 보트를 타며 쉬었다. 가끔 근처 섬들까지 유람선을 타고 짧은 여행을 가기도 했고, 스쿠버 다이빙을 하거나 천국 같은 주변 풍경을 즐기며 무작정

해변에 누워 있기도 있다.

드디어 나도 바의 스탠드에서 칵테일을 만들게 되었다. 바에 서 있으면, 파랗고 고요한 백만 불짜리 바다 풍경이 멀리까지 보였다. 눈앞에선 드넓게 펼쳐진 흰 모래사장 가에 야자수들이 바람에 흔들리고 있었다. 어느새 열대 섬에서 일하는 게 조금도 힘들지 않다는 생각이 들었다. 여유로운 휴가를 즐기러 온 사람들을 만나고, 여행 안내 책자에서 봤던 멋진 칵테일을 직접 만든다는 것은 은행에 다닐 땐 상상도 못했던 일이었다.

바에서 만난 한 유럽 남자가 자신의 출판사에서 함께 일하자는 제안을 했다. 나는 늘 여행에 대한 갈망을 마음에 품고 있었다. 섬에서 생활한 지 2년쯤 되어가던 중이었다. 점점 더 강렬하게 삶에 변화를 주고 싶어지던 시기였다. 무엇보다 다시 익명의 삶으로 돌아가고 싶었다. 매일 같은 공동체에서 같은 사람들을 만나며 지내다보면, 남의 눈길에 신경 쓰지 않아도 되는 자신만의 사생활이 소중해지는 법이다.

섬에서 몇 해 정도 지내고 본토에 돌아오면, 누구나 문화적인 충격을 받기 마련이다. 하지만 본토 정도가 아니라, 아예 말도 제대로 통하지 않는 외국으로 나 자신을 던지듯 떠나는 것은 모험이었다. 섬에서 지내는 동안 몇몇 좋은 사람들을 만났고, 그들과 함께하는 시간은 즐거웠다. 하지만 나는 마음을 나눌 새로운 친구들을 만나고 싶었다. 그래서 결국 영국으로 떠나기로 결심했다. 내가 가지고 간 것은 그곳에서 유일하게 아는 사람을 만나러 가기 위한 여행자 카드와 그것을 사고 남은

1파운드 66펜스가 전부였다. 그것으로 내 인생의 새로운 장을 열려고 했다.

네브는 희끗희끗한 곱슬머리와 사랑스러운 미소가 돋보이는 남자였다. 그는 와인 전문가였고, 해러즈백화점의 와인 파트에서 일했다. 밤새 해협을 가로질러온 여객선에서 내렸을 때는 백화점이 여름 정기세일을 하는 첫날이었다. 나는 비쩍 마른 볼품없는 모습을 한 채, 사람들이 바쁘게 오가는 세련된 매장 안으로 들어섰다.

"네브, 잘 지냈어요? 나, 브로니에요. 피오나의 친구 중 한 명. 기억하죠? 우린 몇 년 전에 만난 적 있잖아요. 우리 집 공의자에서 잔 적도 있어요."

그는 카운터 건너편에서 활짝 웃고 있었다. 나는 그의 기억을 되살리기 위해 이런저런 말을 쏟아놓았다.

"물론 기억하죠. 브로니."

그 말을 듣자, 안심이 되었다.

"그런데, 어떻게 된 일이에요?"

"며칠만 머물 곳이 필요해요. 부탁해도 될까요?"

난 희망을 품고 물었다. 네브는 주머니에서 열쇠를 꺼내며 말했다.

"물론이죠. 여기 있어요."

그는 열쇠를 주며 집을 어떻게 써야 할지 간단히 설명했다. 소파에서 자며, 며칠 지낼 곳을 구했다.

"혹시 10파운드만 빌려줄 수 있어요?"

난 쾌활하게 물었다. 네브는 조금도 망설이지 않고 10파운드를 뒷주머니에서 꺼내주었다. 이제 먹을 것을 사는 데 필요한 돈도 생겼다.

일자리 광고가 실린 여행 잡지가 그날 아침에 나왔다. 난 네브의 집으로 가는 길에 그 책을 한 부 샀다. 책에 나온 광고를 보고 전화를 걸었다. 세 통째 전화에서 다음 날 아침 면접을 보러 오라는 말을 들었다. 서리 주의 한 식당에 입주해서 하는 일이었다. 그리고 다음 날 오후엔 벌써 그 식당에서 지내게 되었다. 매우 쉽게 마음에 드는 일자리를 구했다.

나는 이 식당에서 우정과 로맨스가 어우러진 몇 년을 보냈다. 즐거운 시간들이었다. 마을 생활은 내게 꼭 맞았고, 난 마을사람들을 사랑하게 되었다. 그들은 예전 섬마을에서 만났던 다정한 사람들을 떠올리게 했다. 마을은 런던에서 그리 멀지 않았기 때문에 사람들과 자주 그곳에 갔고, 나는 그 짧은 여행을 너무도 좋아했다.

하지만 좀더 멀리 여행가는 게 내 운명이었다. 난 중동 지역을 체험해보고 싶었다. 영국에서 기나긴 겨울을 보낸 것은 좋은 경험이었다. 내가 보낸 두 번의 겨울은 더할 나위 없이 즐거웠다. 길고 뜨거운 호주의 여름과는 극과 극이었다. 한 해의 겨울을 더 즐겨볼 것인가, 아니면 떠날 것인가를 결정해야 했다. 결국 여행 경비를 마련하기 위해 한 해 겨울을 더 머물기로 했다. 돈을 모으려면, 사람들과 어울려 먹고 마시고 노는 일을 자제해야 했다. 원래 술을 즐기지는 않았지만, 난 그때 이후로 술을 아예 끊었다.

내가 그런 생각을 하고 있을 때, 아그네스의 집에서 낸 광고가 눈에 들어왔다. 아그네스의 집은 내가 있는 서리 주에서 가까운 곳에 있었다. 난 첫 면접에서 합격했다. 아그네스의 아들이자 농부인 질은 대번에 내가 농장에서 자란 사람이란 걸 알아차렸다. 아그네스는 머리가 어깨까지 내려오고, 낭랑한 목소리를 지닌 80대 후반의 노인이었다. 동그스름하게 나온 배를 가리듯이 늘 회색과 빨간색 줄무늬 가디건을 입고 있었다. 아그네스의 농장은 내가 머물던 곳에서 차를 타고 한 시간 반 정도 가야 되는 곳이었다. 그래서 쉬는 날이면 서리 주에 사는 친구들을 만나고 돌아올 수 있었다. 하지만 그 농장에 있는 동안은 완전히 다른 세상에 가 있는 것 같았다. 나는 일요일 저녁부터 금요일 저녁까지 온종일 아그네스와 붙어 지냈다. 오후에 두 시간 정도 쉬었는데, 그 짧은 시간을 이용해 주변의 영국 사람들과도 친해졌다.

딘은 다정하고 멋진 사람이었다. 우리는 만난 지 몇 분 만에 유머 덕분에 친해졌다. 둘 다 음악을 사랑한다는 점도 친밀해지는 데 한몫을 했다. 내가 영국에 도착한 바로 그다음 날 식당 일을 알아보러 인터뷰를 한 직후에 딘을 만났다. 둘 다 서로를 알고 나서 인생이 더 풍요롭고 즐거워졌다고 확신한다. 하지만 내가 그때 거의 함께 지내고 있는 사람은 딘이 아니었다. 대개 아그네스와 있으면서 그녀의 말에 속아 틀니를 찾으러 다니는

게 주된 일과였다. 작은 집에서 틀니를 잃어버릴 장소가 그렇게 많다는 게 놀라울 정도였다.

난 부엌에서 나오면서, "여기도 없어요"라고 대답했다. 하지만 결국 난 아그네스가 방금 나온 침실로 들어가 이를 다시 찾았고, 아그네스는 부엌을 다시 뒤졌다. 작은 집에 구석구석 찾아다닐 공간은 왜 그리 많은지…… 우리는 그 공간들을 각자 한 번씩, 결국은 두 번씩 뒤지고 다녔다. 결국, 이날은 안락의자 옆에 있던 실로 짠 가방에서 틀니가 나왔다.

"아이구, 고마워요. 내 소중한 사람."

아그네스가 틀니를 입안에 집어넣으며 말했다.

"이왕 나온 거 여기서 나랑 텔레비전이나 봐요."

역시 이번에도 나를 불러내기 위해 일부러 틀니를 가방에 집어넣은 게 분명했다. 난 그녀 옆에 앉으면서 미소 지었다. 아그네스는 오랫동안 혼자 지낸 노인이라 내가 옆에 있어 주는 것만으로도 좋은 것 같았다. 책이야 다음에 읽으면 된다. 물론 아그네스는 휴식 시간에 내게 무언가를 요구하고 있었다. 하지만 그것은 일이 아니라 우정이었다. 그러니 괜찮았다.

틀니는 전에도 쿠션, 목욕탕 세면대 뒤, 찬장 안의 찻잔 속, 핸드백 속, 그 외에 많은 그럴듯한 장소에서 발견되었다. 그래도 이 정도는 양호한 편이었다. 가끔은 텔레비전 뒤, 벽난로 안, 쓰레기통 안, 냉장고 위, 구두 속에서도 틀니가 나왔다. 10살짜리 독일 세퍼드 종인 프린세스의 엉덩이 아래서도 나왔다.

많은 사람들이 규칙적인 습관을 따라 산다. 물론, 나는 늘 변화 있는 삶을 추구하는 편이다. 하지만 그렇다고 해서 규칙적인 생활의 중요함을 모르는 것은 아니다. 특히 나이 들어 갈수록 규칙적인 습관은 일상을 유지하며 사는 데 큰 힘이 된다. 아그네스에게도 일주일마다 반복되는 일상과 매일 반복되는 일상이 있다. 그녀는 매주 월요일마다 나와 함께 피검사를 받으러 병원에 갔다. 시간도 매주 같았다. 그리고 그런 외출은 하루에 한 건 정도면 충분했다. 그렇지 않으면 뜨개질을 하며 쉬어야 하는 그녀의 오후 일상이 망가지기 때문이다.

프린세스는 우리가 어디를 가든지 비가 오나 눈이 오나 따라다녔다. 프린세스가 차에 타려면 우선 픽업트럭 뒤 짐칸을 낮추어주어야만 했다. 그동안 이 늙은 개는 참을성 있게 꼬리를 흔들며 기다렸다. 정말 멋진 녀석이었다. 나는 일단 프린세스의 앞발을 짐칸에 올려놓은 뒤에 엉덩이 부분을 들고서 재빨리 짐칸에 태웠다. 이 과정에서 혹시 뒷다리라도 빠져나오면, 처음부터 다시 해야만 했다. 그래서 가끔 외출의 흔적으로 황토

색 개털이 온몸에 묻어 있곤 했다.

여전히 도움이 필요하긴 했지만, 프린세스가 트럭에서 내리는 과정은 탈 때보다 쉬웠다. 일단 프린세스는 몸을 트럭 아래로 내밀며 앞다리로 땅을 짚었다. 그리고 내가 뒷다리를 들어서 내려주기를 기다렸다. 간혹 그 중간에 내가 아그네스를 도와줄 일이라도 생기면, 프린세스는 앞다리만 내려온 엉거주춤한 자세로 기다렸다. 그리고 일단 내려오기만 하면 늘 그렇듯이 꼬리를 흔들며 아무 고통 없이 즐겁게 걸어갔다.

화요일엔 이웃 마을의 식료품 가게로 장을 보러 갔다. 그때까지 내가 겪어온 노인들은 모두 아주 소박하고 검소한 사람들이었다. 하지만 아그네스는 정반대였다. 그녀는 기회만 되면 내게 무엇이든 사주고 싶어 했다. 그런데 대부분 내가 원치 않거나 필요하지 않은 것들이었다. 물건을 고르러 들어간 모든 통로에서 똑같은 두 여자, 즉 아그네스와 나(한 사람은 늙었고, 한 사람은 젊다는 차이는 있다)는 끊임없이 실랑이를 벌였다. 우리는 둘 다 늘 미소 짓고, 때로는 소리 내어 깔깔대는 명랑한 성격이었지만, 고집도 셌다. 결국 장을 다 볼 무렵이 되면, 그녀는 내게 사주고 싶은 것들 중 절반 정도를 카트에 담았다. 카트에는 채식주의자를 위한 음식, 수입 과일인 망고, 새로 나온 빗, 런닝셔츠, 끔찍한 맛이 나는 치약 같은 것들이 담겨 있었다.

수요일엔 다시 아그네스가 사는 마을에 있는 빙고 게임장에 갔다. 그녀는 시력이 점점 약해지고 있었기 때문에 내가 빙고 게임의 숫자들을 일일이 확인해주었다. 아직은 숫자를 그럭저

력 읽었고 듣는 것은 그보다 더 나았다. 내가 하는 일은 그녀가 숫자를 빼내기 전에 좀더 확실히 하기 위해 일일이 확인해주는 것이었다. 나는 그곳에서 만난 노인들을 모두 사랑했다. 당시 20대 후반이었던 나는 그곳에서 유일한 젊은이였다. 아그네스 는 젊은 나를 데리고 왔다는 것만으로도 아주 뿌듯해했다. 그 녀는 사람들 앞에서 나를 '친구'라 불렀다.

"어제 내 친구하고 장보러 갔었는데 말이야. 이 친구한테 새 로 나온 팬티를 몇 벌 사줬어."

그녀가 빙고 친구인 노인들에게 아주 진지하고 자랑스럽게 말했다. 모두들 고개를 끄덕이며, 나를 보고 미소 지었다. 난 속으로만 중얼거렸다. '맙소사!'

아그네스의 이야기는 계속되었다.

"이번 주엔 호주에서 이 친구 엄마가 편지를 보냈어. 지금 거긴 아주 덥다는군. 그리고 이 친구한테 조카가 생겼대."

다시 모두 고개를 끄덕이며 미소 지었다.

나는 곧 아그네스에게 알려줄 정보를 편집하기 시작했다. 그 렇지 않으면 빙고 게임장 노인들 모두가 내 삶에서 드러내고 싶지 않은 것까지도 알게 될 것 같았다. 특히 엄마가 멀리서 나 를 응원하려고 보낸 속옷이나 다른 선물들에 대해서 그들에게 시시콜콜 알려주고 싶지 않았다. 하지만 아그네스가 순수한 사 랑에서 우러난 마음으로 내 얘기를 한다는 것쯤은 잘 알고 있 었다. 그래서 가끔씩 그녀가 사람들 앞에서 나에 대해 민망하 게 얼굴 붉어지는 얘기를 해도 그러려니 참았다.

목요일엔 우리가 일주일 중 유일하게 점심시간이 지나도록 밖에서 머무는 날이었다. 우리 셋(당연히 프린세스도 함께 간다)에겐 아주 커다란 외출이었다. 우리는 켄트 주의 마을까지 자동차를 타고 가서 아그네스의 딸과 점심을 먹었다.

목요일의 외출은 아그네스에겐 큰일이었고, 내겐 여유롭게 즐기는 사랑스러운 드라이브였다. 그녀의 딸은 점잖은 사람이었지만, 가끔 유쾌하고 명랑한 면도 있었다. 두 사람은 고기, 치즈, 피클로 이루어진 식사를 주로 했다.

모두 영국 사람들이 흔히 즐겨 먹는 음식이었다. 영국 사람들은 내가 놀랄 정도로 피클을 즐겨 먹었다. 영국은 채식주의자들에게 좋은 나라이기도 했다. 그래서 식사할 때마다 여러 가지 음식을 골라 먹을 수 있었다. 대개 날씨가 추웠기 때문에 나는 따뜻한 수프나 뜨거운 파스타 요리를 주로 먹었다 .

금요일 외출은 멀리 가지 않았다. 아그네스의 집은 자체 정육점을 가진 소목장 겸 농장에 있었다. 목장은 아그네스의 두 아들이 관리했다. 아그네스는 금요일 아침이면 정육점으로 나갔다. 그리고 천천히 아주 세밀하게 이것저것 살펴보다가 결국은 매번 같은 고기를 샀다. 이런 사정을 잘 아는 판매원이 주문만 해놓으면 집에까지 배달해주겠다고 했다. 하지만 그녀는 정중하게 거절했다. "고마워요. 하지만 물건은 내 눈으로 보고 직접 골라야지."

그즈음 나는 채식주의자였다. 물론 지금은 더욱더 엄격한 채식주의자가 되었다. 육식을 하지 않는 것은 물론이고, 동물을

원료로 쓴 제품은 아예 사용하지도 않는다. 그런데 어찌된 일인지 당시엔 소를 길러 도축하는 목장에서 일을 하게 되었다. 그곳은 내가 어린 시절을 보낸 곳과 별반 다르지 않았다. 그래서 고기를 먹진 않아도, 목축업으로 살아가는 사람들의 삶을 충분히 이해할 수는 있었다. 내겐 너무도 낯익은 고향 사람들의 모습이었다.

집으로 돌아올 때엔 소들이 있는 축사를 지나서 걸어왔다. 걸으면서 그곳에서 일하는 사람들이나 소들에게 말을 걸기도 했다. 아그네스는 지팡이를 짚으며 느릿느릿 걸었고, 나는 그 옆에 바짝 붙어서 갔다. 그 뒤로 프린세스가 따라왔다. 아무리 날씨가 추워도 문제 없었다. 우리는 옷을 잔뜩 껴입고 목장을 걸었다. 금요일의 외출은 이렇게 정육점에 갔다가 축사를 지나 돌아오는 것으로 끝났다.

나는 영국 소들이 따뜻한 축사에서 개별적으로 보살핌을 받는 것을 보고 놀랐다. 호주에서는 상상도 할 수 없는 일이었다. 하긴, 호주 소들은 영국 소들처럼 추운 겨울을 견딜 필요가 없었다. 영국에서 내가 더욱 슬펐던 것은 그렇게 따뜻한 곳에서 보살핌 받던 소들도 다음 날이면 도축돼 정육점의 고기로 팔린다는 사실이었다. 나는 도저히 그런 고기를 먹을 수 없었다. 단 한 번도 그런 고기가 먹고 싶다는 생각이 들지 않았다.

그곳 사람들의 생활방식을 존중하며 일부러 말하지 않았는데도, 내가 채식주의자라는 사실은 드러났다. 나는 채식주의자라는 사실을 떠벌리고 다니는 스타일은 아니었다. 하지만 어린 시절에 목장에서 소 잡는 것을 목격했고, 학교에서도 도축장으로 견학 가 평생 상처로 남을 만큼 잔인한 장면을 보았다. 그래서 가끔 채식주의자들이 목소리를 높여 흥분하며 육식을 비난하는 그 심정을 이해할 수 있다. 만일 누구든 용기를 내서 도축장 뒤에서 무슨 일이 벌어지는지 들여다보고 축산업의 이면까지 보게 된다면, 가슴이 찢어지는 슬픔에 충격을 받을 것이다.

하지만 나는 누구든 각자 이해할 수 있는 자기만의 방식으로 살 권리가 있다고 생각한다. 그래서 굳이 채식주의를 강요하고 싶지도 않고, 내가 그렇다는 것을 드러내고 싶지도 않다. 단지 누군가 물어보면 채식주의에 대한 내 신념을 얘기하고, 혹시 상대방이 관심을 보이면 기쁠 뿐이다. 하지만 고기를 먹는 많은 낯선 사람들은 단지 내가 그들처럼 먹지 않는다는 이유로 나를 공격했다. 어쩌면 그래서 더욱 내가 굳이 채식주의자라고 밝히지 않는 것인지도 모른다. 난 단지 평화를 원했다.

아그네스가 내게 왜 채식주의자가 되었느냐고 물었을 때 조금 망설였다. 그녀가 살아가는 주된 수입은 소목장에서 나왔다. 그리고 내가 얻는 수입도 직접적이진 않지만 소목장에서 나오는 셈이었다. 물론 나는 처음에는 거기까지 생각하지 못했다. 단지 돈을 모으고 한 노인의 삶에 조그마한 빛이 되고 싶다는 생각에서 이곳에 왔을 뿐이었다.

아그네스는 내가 대답할 때까지 계속 물었다. 결국 난 어린 시절에 소나 양이 도축되는 것을 보고 얼마나 충격을 받았는지, 또 소들이 죽을 때를 알고 어떻게 평소와 다르게 우는지에 대

해 얘기했다. 그리고 죽기 직전에 공포와 두려움으로 처절히 울부짖던 소의 비명이 지금도 나를 따라다닌다고 고백했다.

그게 전부였다. 그런데 아그네스가 그 자리에서 자기도 채식주의자가 되겠다고 선언했다. '맙소사! 이 사실을 아그네스의 가족들에게 어떻게 알린담?' 아그네스의 아들은 채식을 하겠다는 엄마의 말에 반대했다. 처음에는 아그네스도 물러서지 않았다. 하지만 결국 일주일에 하루는 붉은 고기, 하루는 흰살 생선, 또 하루는 닭고기를 번갈아가며 먹기로 했다. 내가 휴가를 가면 가족들이 식사를 준비했는데, 그럴 때도 식구들과 함께 고기를 먹곤 했다.

채식에 대한 나의 신념은 시간이 흐르면서 더욱 확실해졌다. 지금이라면 육류 요리를 해야 되는 일은 거절할 것 같다. 하지만 그땐 아직 확고한 채식주의자가 아니었으므로, 그런 일이 싫긴 해도 못할 정도는 아니었다. 나는 육류 요리를 할 때마다 그 고깃덩이도 한때는 살아 있는 생명체였다는 사실을 기억했다. 그러면 그 생명체가 살아 있는 동안 기쁨이나 공포와 같은 감정도 느꼈을 것이고, 마지막엔 살려고 발버둥쳤을 거라는 생각에 슬퍼졌다. 아그네스가 조금이라도 채식주의에 동참해준 것은 기뻤다.

아그네스는 가정의 평화를 지키기 위해서 아들의 의견에 동의하는 척한 것뿐이었다. 사실 그녀는 일주일 내내 고기를 먹을 생각이 별로 없었다. 덕분에 나는 그 겨울과 봄에 걸쳐 몇 달 동안 채식주의자를 위한 성찬을 요리했다. 견과가 들어간

빵, 푸짐한 채소 수프, 화려한 채소볶음, 고급 피자들이 주요 메뉴였다. 물론 꼭 그런 요리가 없어도 아그네스는 삶은 달걀이나 구운 콩만으로도 만족했을 것이다. 그녀는 영국인이었고, 영국인은 정말 콩을 사랑했다.

봄이 되어 수선화가 필 무렵, 눈은 녹았다. 낮이 점점 길어졌고, 하늘이 파랗게 개는 날이 많아졌다. 목장에도 생명의 기운이 넘쳐났다. 갓 태어난 송아지들이 가는 다리로 비틀거리며 여기저기 뛰어다녔다. 새들도 매일 우리를 맞으며 즐겁게 노래했다. 프린세스의 털갈이는 더욱 심해졌다. 아그네스와 나는 드디어 코트와 모자를 벗고 따스한 봄 햇살을 즐기며 몇 달을 보냈다. 우리의 일상은 늘 같았다. 서로 다른 세대였지만 매일 같이 팔짱을 끼고 걸으며 이야기를 나누었고, 크게 웃음을 터뜨리곤 했다.

하지만 여행은 나의 소명이었다. 내가 머지않아 떠날 것은 아그네스의 집에 올 때부터 정해진 사실이었다. 그리고 딘이 그립기도 했다. 주말은 우리가 함께 보내기엔 너무 짧은 시간이었고, 둘이 같이 여행 떠나기만을 기다리게 되었다. 그 순간을 무작정 미룰 수만은 없었다. 아그네스와 내가 함께할 날도 끝나가고 있었다. 우리가 함께 지낸 몇 달은 멋진 시간이었고, 특별한 경험이었다. 물론 여행 경비를 벌기 위한 일을 하기 위해 그녀를 만나긴 했지만, 우리 사이엔 어느새 우정이 싹텄다.

아그네스의 집에서 보낸 시간은 바에서 맥주를 따르는 일보다 훨씬 즐거웠다. 바에서 술 취한 젊은이, 심지어는 늙은이를 수도 없이 부축하는 것은 지겨운 일이었다. 하지만 이곳에선 늙고 힘없는 그녀가 잘 걸을 수 있게 기꺼이 도와주고 싶었다. 바에서 재떨이나 빈 유리잔을 치우는 것보다 노인의 틀니를 찾아주는 일이 훨씬 더 재미있었다.

딘과 나는 드디어 중동으로 떠났고, 그곳에서 우리는 이제껏 경험하지 못한 멋진 문화를 체험했다(맛있는 음식도 잔뜩 먹었다). 그렇게 몇 년을 보낸 뒤, 난 아그네스를 만나러 영국의 목장을 다시 찾아갔다. 새로 온 호주 아가씨가 내 자리를 대신하고 있었다. 아그네스가 안락의자에서 잠에 빠진 뒤, 그 아가씨와 꽤 오랫동안 얘기를 나누었다. 이런저런 이야기 끝에 그녀는 아그네스의 아들 빌 이야기를 조심스럽게 꺼냈다. 그가 면접에서 던진 첫 질문에 당황했다고 했다. 나는 그게 뭐냐고 물었고, 대답을 듣고선 크게 웃음을 터뜨렸다.

그 질문은 "설마 채식주의자는 아니죠?"였다.

너무 늦기 전에 우선순위를 바꾸다

영국과 중동에서 몇 년을 지낸 뒤 사랑하는 조국 호주로 돌아왔다. 오랫동안 여행을 다녀온 사람이 그러하듯이 나는 변해 있었다. 은행으로 다시 돌아가긴 했지만, 다시 그 일에 만족할 수 없다는 사실만 명백해졌다. 고객 서비스만이 이 업종에서 유일하게 견딜 만한 일이었다. 도시 어디서나 일자리를 구하기 쉽긴 했다. 하지만 내 직장 생활은 어딘지 불안했고 결코 행복하지 못했다.

언젠가부터 내 안에서 창조의 욕구가 자라고 있었다. 당시 호주 서부에 살았던 나는 어느 날 퍼스의 스완 강 가에 앉아 리스트 두 개를 만들었다. 하나의 리스트에는 내가 잘 하는 일을 적었고, 또 하나의 리스트에는 내가 정말 좋아하는 일을 적었다. 적고 보니 더욱 뚜렷해진 것은 내 안에 변변찮은 예술가가 산다는 사실이었다. 왜냐하면 창조적인 재능과 관련된 일이 두 리스트에 동시에 있었기 때문이다.

"내가 예술가가 될 수 있을까? 그런 일은 내가 감히 꿈꿀 수

도 없는 일 아닐까?”

주위에서 늘 예술가들을 보고 자랐으면서도, 믿을 만한 ‘좋은 직장’을 가져야 한다는 생각이 늘 내 머리에서 떠나질 않았다. 나는 직장을 잃지 않기 위해 머릿속에 주입된 대로 행동했고, 아무도 내가 아홉 시에 출근해서 다섯 시에 퇴근하는 일상을 힘들어하는 것을 눈치채지 못했으리라. 은행은 ‘좋은 직장’이었다. 그런데 바로 그 좋은 직장이 나를 천천히 죽이고 있었다.

내 안에서 강렬한 자아 탐구가 시작되었고, 과연 내가 잘하면서도 즐길 수 있는 게 무엇인지를 알아내고 싶었다. 내면에서 모든 게 변하고 요동치는 어려운 시간이었다. 드디어 내 마음이 진정 원하는 일을 해야겠다고 결론을 내렸다. 그동안은 머리가 원하는 삶을 살아왔기에 마음엔 불만만 가득했다. 영혼은 텅 빈 것처럼 공허했고.

나는 창조적인 일을 하기 위해 그런 능력을 개발하고 싶었다. 우선 글을 쓰고 사진을 찍기 시작했다. 그다음엔 작사와 작곡을 했고, 마침내 앨범도 내고 공연도 하게 되었다. 물론 그리는 동안에도 여전히 은행에 다니고는 있었다. 하지만 주로 임시직으로 일했다. 이제는 숨 막히는 정규직의 덫에 갇혀 지내기 싫었다.

퍼스는 고향에서 너무 먼 곳이었다. 퍼스를 좋아하기는 했지만, 어느새 사랑하는 가족과 친구들이 그리워졌다. 왠지 고향 동부가 돌아오라고 부르고 있는 느낌이 들었다. 더는 그 소리를 외면할 수 없었다. 뉴잉글랜드 고속도로를 타고 한동안 달린 뒤, 마침내 고향인 퀸즐랜드에 도착했다.

그즈음 나는 성인영화 채널의 콜센터에서 전화를 받고 있었다. 이 일은 그래도 은행 일보다는 더 재미있었다.

"으음."

수화기 너머에선 침묵이 이어졌다.

"음. 그냥 남편 때문에 전화 건 거예요."

"네, 그럼 '나이트 무브'를 신청해드릴까요?"

친절하게 상대가 무얼 원하는지 알고 있다는 말투로 되물었다. 그러면 대부분 마음이 좀 편해지는지 얼른 성인영화 채널에 가입하게 되어 있었다.

가끔 이렇게 묻는 남자 고객들도 있었다.

"거, 어떤 영화들을 볼 수 있습니까? 당신은 웬만한 영화는 다 보지 않았소?"

"죄송하지만 선생님, 제가 모든 영화를 다 보진 않습니다. 대신 저렴한 일일 이용권이 상품으로 나왔으니, 그것으로 우선 몇 편만 감상해보시는 게 어떨까요? 그리고 마음에 드시면 한 달 정액권을 신청하시면 됩니다."

물론 내가 당연히 끊을 거라고 예상한 장난 전화도 걸려왔다.

"지금 입고 있는 속옷은 무슨 색깔이죠?"

수화기 너머에선 장난전화를 건 동료들의 낄낄거리는 소리가 들렸다. 이렇게 한바탕 장난이 잦아들면, 내가 하는 일은 또다시 단순 사무직으로 돌아갔다. 그나마 이 일에는 다른 직원들과 우정을 쌓아가는 즐거움이 있었다. 하지만 내 삶의 근본

적인 문제는 해결되지 않은 채 속으로 곪고 있었다.

영국과 중동에서 함께 지냈던 남자 친구 딘은 나와 함께 호주에 왔다. 내가 고향인 뉴사우스웨일 주로 돌아올 때에도 우리는 함께했다. 하지만 그 후 딘과 나는 헤어졌다. 우리는 몇 년 동안 진심으로 사랑했다. 서로에게 가장 좋은 친구이기도 했다. 그래서 이별은 두 사람 모두에게 너무 큰 고통이었다. 하지만 그렇다고 다시 합칠 여지는 전혀 없었다. 서로 너무 달랐던 생활 방식이 일단 한 번 틀어지기 시작하자, 더는 웃어 넘기거나 모른 척할 수 없게 되었다.

나는 채식주의자였지만 딘은 고기를 즐겨 먹었다. 나는 주중에 사무실에서 계속 일했기 때문에, 주말이면 야외로 나가고 싶었다. 하지만 딘은 주중에 계속 야외에서 일했기 때문에 주말이면 집안에서 쉬고 싶어 했다. 이런 사소한 삐거덕거림은 주말을 한 번씩 지날 때마다 점점 더 크게 어긋났다. 각자 좋아하고 기뻐하는 것들이 이제는 상대의 기쁨이 되지 못했다. 음악에 대한 사랑만은 여전히 공통 관심사로 남아 있었기 때문에, 그래도 한동안 관계가 유지될 수 있었다. 그러다 결국은 음악이라는 소통 채널도 힘을 잃게 되는 순간이 찾아왔다. 음악의 힘으로 덮어버리기엔 다른 것들이 너무 많이 틀어져버린 뒤였다. 우리는 이별을 앞두고, 그동안 함께 꾸었던 꿈이 부서지는 것을 보면서 상실감 때문에 괴로워해야 했다.

관계가 깨지면서 가슴이 찢어지는 고통의 시간을 견뎌야 했고, 상실의 슬픔에서 좀처럼 헤어날 수 없었다. 나는 태아처럼 몸을 웅크리고 울며 딘과의 관계가 회복되길 빌었다. 하지만 내 마음은 알고 있었다. 이미 늦었다는 것을. 삶은 우리를 각자 다른 방향으로 부르고 있었고, 우리의 관계가 지속되면, 서로 걸어갈 길을 방해할 뿐이었다.

나는 점점 더 진정한 삶의 의미를 찾고 싶었다. 정말 내 마음에서 원하는 일을 하며 살고 싶다는 생각도 더욱 강렬해졌다. 하지만 내가 아무리 창작을 하며 살고 싶다 해도, 그 분야에서 어느 정도 평판을 얻기까진 최저 생계비조차 벌지 못할 수도 있었다. 마음의 소망과 현실 사이에서 새로운 출구를 찾아야 했다. 어쨌든 나는 결국 예술가로 살아가게 되리라는 믿음만은 흔들리지 않았다. 꿈꿀 수 있다면. 결국 그 일을 해낼 수 있게 될 것이다.

현실적으로 생계를 유지하는 게 가장 문제였다. 어떻게 하면 진정한 나 자신이 될 수 있고, 내 마음이 원하는 분야에서 생계를 유지할 만한 일을 할 수 있을까? 나는 창의적인 여행을 계속하고 싶었기 때문에 결국 입주 돌보미를 다시 하기로 마음먹었다. 당시 내겐 지속해야 될 임대 계약이나 장기 주택 대출 같은 것이 없었기 때문에 훨씬 자유롭게 딱딱한 일상을 벗어던질 수 있었다.

2주가 채 지나지 않아 시드니의 중심에서 가장 먼 외곽지대의 항구에 있는 한 가정에 입주하게 되었다. 내가 돌볼 사람은 환자였다. 루스는 부엌에서 쓰러진 채 오빠에게 발견되었다. 그녀는 한 달이 넘게 입원한 뒤에 막 집에 돌아온 길이었다. 온

종일 누군가 옆에서 돌봐주어야 한다는 조건 아래 허락된 퇴원이었다.

간병인으로서 내 경력은 영국에서 아그네스를 돌본 몇 년이 전부였다. 나는 일자리를 알선해주는 기관에 아픈 환자를 돌본 적이 없다고 솔직하게 얘기했다. 하지만 그들은 내 짧은 경력을 큰 단점이라고 생각하지 않는 것 같았다. 아마 입주 간병인을 구하기 어려웠기 때문이었을 것이다. 그래서 나를 놓치지 않으려고 했다.

"브로니. 그냥 당신이 할 일이 뭔지 알고 있는 척하면 됩니다. 그리고 도움이 필요하면 언제든 우리에게 전화하세요."

세상에! 너무도 쉽게 난 간병인의 세계로 들어가고 말았다.

타고난 동정심 덕분에 환자를 잘 보살피는 것이 내게 그리 어려운 일은 아니었다. 난 그저 내게 소중한 사람인 우리 할머니에게 하듯이 루스를 대했다. 항상 그녀 옆에 머물며, 어떤 욕구를 표현할 때마다 그것을 들어주려고 노력했다. 지역 파견 간호사가 며칠에 한 번씩 루스의 상태를 보러왔다. 그러면 나는 잘 모르는 것들에 대해 이것저것 물어봤다. 나는 경력이 짧아 모르는 게 많다고 솔직히 얘기했다. 그러자 그녀는 의학지식, 환자 돌보는 법, 요양 산업 용어 등에 대해 많은 것을 가르쳐주었다.

루스의 가족은 가끔 들렀다. 그들은 루스의 즐거운 모습을 보고 만족해하면서 돌아갔다. 그러면 나도 기분이 좋아졌다. 하지만 그들은 내가 감정적으로나 육체적으로나 지쳐가고 있다는 사실을 알지 못했다. 지금 생각해보니 나 자신도 당시엔 그 사실을 미처 깨닫지 못했던 것 같다.

루스의 가족들은 내가 그녀가 원하는 것은 무엇이든 해주는 것을 보고, 아주 기뻐했다. 루스와 보내는 하루는 차를 마시며 나누는 대화, 발마사지, 얼굴마사지, 매니큐어 손질 같은 자잘한 보살핌으로 채워졌다. 나는 루스에게 우리 할머니에게 하듯이 애정을 가지고 대했고, 그게 당연한 도리라고 생각했다.

루스는 한밤중에도 호출용 벨을 울렸다. 그러면 나는 번개처럼 아래층으로 내려가 그녀를 화장실로 데려가 변기에 앉혔다. 루스는 종종 잠옷차림으로 내려온 나를 보고 "오, 너무 멋져"라고 말하곤 했다. 그녀가 칭찬하는 내 모습은 단지 너무 지친 나머지 묶은 머리를 풀기도 귀찮아 틀어올린 것이었다. 루스는 가끔 내 잠옷도 멋지다고 칭찬했다. 그 옷은 이 집에 들어올 때 엄마가 꼭 입고 자라며 챙겨준 것이었다.

"남의 집에 가서도 집에서처럼 다 벗고 자거나 낡은 티셔츠 한 장 걸치고 자면 되겠니?"

엄마는 거의 간청하듯이 말했다.

"제발 이걸 입고 자겠다고 약속해라."

나는 사랑하는 엄마의 소원을 들어주기 위해 알록달록한 잠옷을 매일 밤 기꺼이 입었다.

나는 밤마다 알록알록한 잠옷을 입고 몽유병 환자처럼 아래층과 위층을 네다섯 번 오르락내리락했다. 아무리 눈을 뜨려해도 제대로 떠지지 않을 때도 있었다. 그럴 땐 제발 어디든 구석에 처박혀 한잠만 푹 자고 싶다는 생각이 간절했다. 하지만 루스가 늘 나를 필요로 했기 때문에 난 단 몇 시간도 제대로 잘 수가 없었다. 루스가 낮잠 잘 동안 잠깐 눈을 붙이면 좋겠지만, 그때엔 내 손길을 기다리는 꽤 많은 집안일을 처리해야 했다.

루스는 변기에 앉아서도 이야기를 하고 싶어 했다. 지난 몇 년 동안 혼자 살았기 때문에 다른 사람의 관심을 늘 그리워했다. 나도 그녀와 우정을 쌓아가는 게 좋았다. 하지만 새벽 세 시에 소변 보는 그녀 옆에 앉아서 30년 전 파티에서 어떤 컵과 어떤 접시를 썼는지 듣고 있는 것은 별로 즐겁지 않았다. 어서 침대로 돌아가고 싶은 생각만 간절할 뿐이었다.

몇 주 동안 루스는 젊었을 때 항구 근처에 살던 시절에 대해 이야기했다. 그땐 마차가 조용한 거리를 돌아다니면서 빵과 우유를 배달했고, 일요일이면 마을 사람들은 교회에 가기 위해 가장 좋은 옷을 차려 입었다고 한다. 루스는 이미 사별한 지 오래된 남편과 자녀들의 어린 시절 이야기도 빼놓지 않았다. 루스의 딸 히더는 아주 성격이 밝은 사람이었다. 하루 이틀 간격으로 왔는데, 그녀가 들어서면 집안에 신선한 공기가 밀려들어 오는 듯했다. 루스의 아들은 가족과 함께 교외에서 살았다. 가끔씩 히더가 오빠 얘기를 하지 않았다면, 그 존재를 잊어버릴 만큼 거의 찾아오지 않았다. 그는 엄마 인생에 별다른 역할을 하지 않는 아들이었다.

반면 딸은 루스가 남편과 사별하고 혼자 사는 동안 삶을 받쳐준 기둥이었다. 루스의 오빠인 제임스도 많은 도움을 주었다. 제임스는 일 마일쯤 떨어진 곳에 살았는데, 거의 매일 찾아왔다. 방문 시간도 일정해서, 그가 찾아올 때 시계를 맞추어도 될 정도였다. 옷차림도 거의 매일 같았다. 나이는 88살이었는데, 한 번도 결혼한 적이 없었다. 그는 아주 명석한 지성을 지닌 놀라운 사람이었다. 그를 알게 되고, 그의 단순한 삶에 감탄하는 것이 내게는 큰 기쁨이었다.

시간이 흘러도 루스의 병세는 조금도 나아지지 않았다. 한 달이 지났는데도 여전히 침대에 누워 지냈다. 결국 몇몇 검사를 추가로 더 받았고, 그 결과, 그녀의 삶이 앞으로 얼마 남지 않았다는 통보를 받았다.

항구 쪽으로 걸어 내려가는데, 눈물이 흘렀다. 모든 게 현실이 아닌 것만 같았다. 시드니만을 가로지르는 인도교 위로 마냥 행복해 보이는 사람들이 지나갔다. 리듬을 타듯이 다리가 살짝 출렁거렸다. 마침 연락선 한 대가 선착장으로 미끄러져 들어가고 있었다. 소풍을 온 사람들이 터뜨리는 웃음소리가 귓전을 울렸다. 나는 꿈속에서 걷듯이 나아가고 있었다.

사암 절벽에 기대고 앉으니, 발아래서 바닷물이 찰랑거렸다. 파랗게 갠 하늘을 올려다보았다. 따스한 햇살이 크림처럼 얼굴을 감싸는, 더할 나위 없이 아름다운 겨울날이었다. 루스와는 이미 너무 친밀해져 있었다. 그녀가 죽는다고 생각하니 가슴이 찢어질 듯 아프고 눈물이 멈추질 않았다. 곧 그녀가 내 곁에서 영원히 사라질 거라고 생각하니, 큰 충격이었다. 건강하고 행복한 사람들이 탄 요트가 울고 있는 내 곁을 지나갔다. 그때 문

득 깨달았다. 결국 루스가 이 세상을 떠나는 순간까지 돌봐주어야 할 사람이 내가 될 거라는 사실을.

나는 목장에서 자랐기 때문에 죽어가는 동물이나 죽은 동물을 많이 봤다. 그래서 죽음이 아주 낯설지는 않았지만, 여전히 죽음에 대해 끔찍할 정도로 민감한 것도 사실이었다. 현대 서구 문명은 보통 사람들이 일상에서 죽어가는 사람들을 접하도록 허락하지 않는다. 누구나 죽음을 가까이에서 보고 접할 수 있는 그런 문화가 결코 아니다.

우리 사회는 죽음이 피할 수 없는 현실이란 것을 인정하지 않으려 하고, 아예 그것이 생활 속으로 들어오지 못하게 막아 버린다. 그러다 보니 죽어가는 사람은 물론이고 그의 가족과 친구들은 죽음에 대해 아무런 준비도 못하는 경우가 많다. 이런 사회적인 분위기 때문일까? 누구나 결국은 죽게 마련인데도, 대부분은 죽음을 인정하기보다 피하려고 한다. 마치 '눈에서 멀어지면 마음에서 멀어지는' 것을 증명해 보이려고 애쓰는 사람들 같다. 하지만 현실은 그렇지 않다. 죽음을 부인한다고 해서, 죽음이 마음에서 멀어지는 것은 아니다. 오히려 죽음에 대한 두려움의 노예가 되고, 그 두려움을 잊으려고 물질적인 삶을 통해 잘 살고 있다는 것을 증명해 보이려 한다.

우리가 죽음을 받아들여 정직하게 직면할 수 있다면, 너무 늦기 전에 삶의 우선순위를 바꿀 수 있다. 우선순위의 상위로 올라온 진정 소중한 것을 향해 에너지를 쏟을 수 있는 기회도 생긴다. 우리가 자신 앞에 놓인 시간이 제한되어 있다는 것을 인정하기만 한다면(몇 년, 몇 주, 며칠이 되었든), 욕망 덩어리인 자신의 에고나 다른 사람의 시선으로부터 자유로워질 수 있다. 그리고 마음이 진정 원하는 것들을 찾아서 하게 될 것이다. 죽음을 피할 수 없는 현실로 받아들이는 것만으로도, 남은 삶에서 좀더 멋진 목표를 세울 수 있다. 그리고 그에 따른 만족을 누릴 기회도 생긴다.

햇빛 찬란한 겨울 어느 날, 나는 비로소 죽음을 부정하는 것이 얼마나 해로운지 깨닫게 되었다. 하지만 루스 앞에 어떤 시간이 기다리고 있는지, 그리고 내가 그녀를 돌보는 일에 어떤 변화가 생길지는 전혀 알 수 없었다. 나는 고개를 젖혀 절벽에 기댄 채 이 상황을 감당할 힘을 달라고 기도했다. 그리고 나서 그때까지 내가 살아온 길을 돌아보았다. 만일 내가 이 상황을 감당할 수 없다면, 루스의 집에까지 오지도 않았을 것이라는 믿음이 생겼다. 하지만 이런 믿음도 내 마음을 짓누르는 슬픔과 고통을 완전히 덜어주지는 못했다.

따스한 햇살 아래 앉아 한참을 울고 난 후, 해야 할 일이 있다는 것을 깨달았다. 루스가 죽기까지 몇 주 동안 최대한 그녀가 편안하고 행복하게 느끼도록 해주고 싶었다. 나는 인생이란 무엇인지, 왜 이런 일이 생기리란 것을 미리 예상하지 못했는지에 대해 한참 동안 생각했다. 그렇게 많은 생각 끝에 드디어 이 상황을 고스란히 받아들이기로 했다. 내겐 다른 사람의 고통과 기쁨을 함께 나눌 재능이 있고, 이제 그 재능을 사용해야 할 순간이 온 것이었다. 집까지 걸어오는 동안, 내 안에서 확고한 결심이 자라고 있었다. 이 상황에서 도망치지 않고 최선을 다하고, 모든 일이 끝난 뒤에 그동안 밀린 잠을 자기로 했다.

그날 늦게 나를 이 집에 소개해준 요양기관 사람이 찾아왔다. 나는 죽어가는 사람을 돌본 적이 없을 뿐만 아니라, 죽은 사람을 본 적도 없다고 얘기했다. 하지만 그는 내 말을 별로 심각하게 듣지 않았다.

"이 집 가족들이 당신을 매우 좋아합니다. 내가 보기에 당신은 잘하고 있습니다."

'당신은 잘하고 있다'는 말은 '당신 정도면 괜찮다'는 의미였다. 나는 말 그대로 나 정도면 괜찮다고 믿기로 했다. 그때부터 루스의 상태는 급격하게 나빠지기 시작했다. 한시도 떠나지 않고 옆에서 보살펴야 했다. 다행히 내가 며칠 휴가를 쓰거나 밤에 쉬는 동안 다른 간병인이 왔다. 어쨌든 루스를 돌보는 사람은 나이기 때문에 쉬는 동안도 수시로 불려갔지만, 적어도 잠은 잘 수 있게 되었다.

하루하루가 특별한 시간이었고, 대부분 루스와 나 둘만 있었다. 주변은 늘 고요했고, 가끔 항구 쪽 공원에서 들려오는 웃음소리만 나무들 사이에서 희미하게 울렸다. 히더와 제임스가 잠깐씩 들렀고, 병원에서도 루스의 병세를 살피러 정기적으로 방문했다. 나는 아주 많은 것을 배우면서 내 역할을 감당해나가기 시작했다. 내가 할 일을 완전히 알고 숙달되지는 못했지만, 조금씩 더 유능한 간병인이 되어가고 있었다. 루스를 보살필

때, 내가 할 수 있는 것이면 무엇이든 했다. 또, 내가 물어볼 수 있는 모든 사람들에게 끊임없이 질문하며 하나하나 배워갔다.

이틀간 휴가를 얻어 떠나려는 날 아침이었다. 마을을 떠나 사촌을 만나러 갈 예정이었다. 무거운 일상에서 잠시나마 벗어나 가볍게 즐겨보겠다는 생각에 들떠 아래층으로 내려왔다. 루스의 침실 쪽에서 고약한 냄새가 진동했다. 야간 간병인이 그것을 알아차리지 못했는지, 아니면 곧 출근할 주간 간병인에게 떠넘기려고 모른 척했던 것인지 모르겠다. 그 후 간병인으로 일하는 몇 년 동안 이런 일을 수도 없이 봤다.

나는 사랑스럽고 아름다운 내 친구를 일 분이라도 더 고통스러운 상황에 버려두고 싶지 않았다. 루스는 장이 열려 내용물을 완전히 쏟은 상태였다. 축 늘어져서 끙끙 앓는 소리로만 내게 반응했다. 신체의 주요 기능들이 무너지고 있었다. 야간 간

생의
반환점에서
내린 결정

병인이 마지 못해서 읽던 가십 잡지를 내려두고 나를 도우러 왔다. 우리는 함께 이 온화한 노인을 씻기고 침대 시트도 새로 갈았다. 때마침 주간 간병인이 왔고, 상황은 훨씬 좋아졌다. 그녀가 재빨리 달려들어 도왔기 때문에 모든 일이 순식간에 상쾌하게 정리되었다. 루스는 완전히 기진맥진해서 깊은 잠에 빠져들었다.

그 후 난 사촌과 숲에 앉아 있었지만, 마음만은 여전히 루스 옆에 있었다. 사촌을 만날 때마다 늘 느끼는 밝은 기분과 유머를 즐기며, 그와 함께 숲을 거닐었다. 하지만 이틀 밤이나 루스 옆을 떠나 있는 것은 불가능할 것 같았다. 내 머릿속은 온통 루스 생각뿐이었고, 그녀에게 남은 시간이 얼마 되지 않는 게 확실했다. 사촌 집에서 몇 시간이나 있었을까? 요양기관에서 전화가 왔다. 루스가 곧 임종할 것 같은데 와줄 수 있느냐고 묻는 전화였다.

루스의 집에 도착하니 뉘엿뉘엿 해가 저물어 어두워지고 있었다. 집안에 들어서기도 전에 잔뜩 가라앉은 침울한 분위기가 손에 만져질 듯했다. 히더가 남편과 함께 와 있었다. 새로운 야간 간병인도 방금 도착한 듯했다.

히더는 자기가 집에 가도 괜찮은지 물었다. 나는 그녀 자신이 가장 옳다고 느끼는 대로 하는 게 좋겠다고 부드럽게 말했다. 결국 히더는 집에 가기로 했다. 히더가 돌아간 후, 그러지 않으려 해도 나는 자꾸만 그녀를 판단하고 비판하고 있었다. 나라면 죽어가는 엄마를 간병인의 손에 맡겨 두고 돌아갈 수 있을 것 같지 않았다. 어떻게든 임종을 지키려고 노력할 것만 같았다.

모든 감정, 행동, 생각은 결국 사랑이 아니면 공포로 귀결된다는 말이 있다. 나는 히더에게 사랑과 우정을 느끼고 있었기 때문에, 그녀가 그런 결정을 내린 것은 공포 때문이라고 결론 내렸다. 우리가 처음 알게 되었을 때 그녀는 어딘지 좀 무심한 성격이란 느낌을 주었다. 그렇다 해도 죽어가는 어머니를 두고 떠난 것은 내겐 너무 낯선 상황이었다. 하지만 나 자신만의 믿음이나 경험 때문에 그동안 소중히 여겼던 누군가에 대한 존경심을 무너뜨리고 싶진 않았다. 그것도 단지 그가 어떤 상황에서 나와 다른 방식으로 대처한다는 이유로.

어두운 방 안에서 또 다른 간병인 에린과 함께 앉아 있자니 차츰 히더의 선택을 존중하고 받아들일 수 있게 되었다. 그녀는 자식의 도리를 충분히 한 딸이었다. 자신이 엄마를 위해 할 수 있는 것이라면, 다 해낸 딸이기도 했다. 지난 수십 년 동안, 자신의 가족을 돌보면서 엄마의 생활을 보살펴왔다. 이제 그녀는 육체적으로나 감정적으로 완전히 지쳐서 나가떨어지기 직전이었다. 그녀는 할 수 있는 모든 것을 했기 때문에 평화롭게 잠든 엄마의 모습을 마지막으로 기억하고 싶은 것일 수도 있다. 생각이 여기에 이르자, 히더의 마음이 이해되고 존경심이 차올라 미소로 번졌다.

하지만 그로부터 며칠 후 히더와 이야기를 나누며 의외의 사실을 알게 되었다. 루스는 어눌한 말투와 눈빛으로 히더에게 집으로 돌아가라고 했다고 한다. 루스와 히더는 굳이 말을 하지 않아도 마음이 통하는 모녀 사이였다. 그러니 히더는 내가 오해한 것처럼 공포심 때문에 엄마 곁을 떠난 것이 아니었다. 그 이유는 사랑이었다. 히더와 같은 경우는 그 후 간병인 생활에서 친근한 모습이 되었다.

모든 사람들이 임종의 순간에 가족이 옆에 있어 주기를 원하지는 않는다. 의식이 있을 때 가족들에게 마지막 인사를 하고, 마지막 임종은 간병인과 함께하고 싶어 하는 사람도 종종 있다. 아마 가족들의 추억 속에 죽어가는 모습을 남기고 싶지 않은 것 같았다.

에린과 나는 루스의 방에서 조용히 이야기를 나누었다. 죽음이 천천히 다가오고 있었다. 에린은 자신의 가족에게 이런 일이 있다면 지금쯤 거의 모든 가족들이 이 방 안에 있을 것이라고 했다. 숙모, 삼촌, 사촌들, 그리고 이웃들까지 찾아와 떠나는 분에게 마지막 인사를 할 것 같다는 말이었다.

우리는 곧 한동안 침묵에 빠져들었다. 에린도 나도 루스를 바라보며 죽음이 그녀를 찾아올 순간을 놓치지 않으려고 했다. 믿을 수 없을 정도로 고요한 밤이었고, 나는 루스에게 마음으로부터 사랑을 보냈다. 에린과 나는 잠시 다시 이야기를 나누다가 다시 침묵에 빠졌다. 에린은 그 순간의 경험을 함께하기에 충분한 멋진 아가씨였다. 무엇보다 다른 사람에게 관심을 가지고 배려할 줄 알았다. 천성적으로 그런 성격을 타고난 사람이었다.

"할머니가 눈을 떴어요."

에린이 깜짝 놀라 갑자기 내게 말했다. 그때까지 루스는 거의 의식이 없는 상태였다.

"당신을 보고 있어요."

나는 침대로 가까이 가서 루스의 손을 잡았다.

"저예요. 모두 괜찮아요."

루스는 내 눈을 똑바로 들여다보았고, 잠시 후 그녀의 영혼이 몸을 떠나기 시작했다. 잠깐 몸이 부르르 떨렸다. 그리고 고요히 가라앉았다.

그 순간, 눈물이 볼을 타고 흘렀다. 나는 마음으로부터 조용히 루스에게 말을 걸어, 우리가 함께했던 시간들에 대해 감사했다. 그리고 그녀를 사랑한다고, 죽음으로 가는 여행 길이 편안하길 빈다고 속삭였다. 사랑과 고요함이 지배하는 아주 경건한 시간이었다. 어두운 방안에서 모든 감각이 깨어 있는 상태로 지금 이 순간 루스와 함께 있는 게 정말 축복이라는 생각이 들었다.

그때 루스가 갑자기 크게 숨을 내쉬었다. 나는 깜짝 놀라 뒤로 물러났다. 얼마나 놀랐는지 심장이 갈비뼈 밖으로 튀어나올 정도로 쿵쾅거렸다.

"어우, 깜짝 놀랐어!"

내가 에린에게 말했다. 그녀가 나를 보고 웃었다.

"브로니, 이건 흔히 있는 일이에요."

"그래요? 당신이 경험자라서 다행이에요."

나는 놀란 얼굴로 그녀에게 미소 지으며 말했다. 내 심장은 여전히 심하게 쿵쾅거렸다, 경건의 시간은 이제 끝난 것 같았다. 나는 침대 옆에서 좀 떨어져 머뭇거리며 말했다

"다시 또 숨을 쉴까요?"

"아마도."

에린이 내게 속삭였다.

우리는 말없이 몇 분 정도 서서 루스가 다시 숨을 쉴까봐 기다렸다. 나 자신도 숨을 쉬기가 어려운 시간이었다.

"정말 영원히 떠났어요. 느낄 수 있어요. 루스가 죽었다는 걸."

마침내 내가 말했다.

우리는 거의 동시에 조용히 속삭였다.

"신의 축복이 함께하기를……."

나는 다시 의자를 침대에 가까이 가져가서 한동안 그녀의 손을 잡고 앉아 있었다. 성스러운 침묵 속에서 사랑과 존경의 마음으로 루스를 바라았다. 무엇보다 좀 전에 놀랐던 가슴을 차분히 가라앉힐 필요가 있었다.

히더와 요양기관 담당자는 루스가 죽으면 바로 전화를 걸어 알려달라고 했다. 나는 그 말대로 했다. 그때 시각은 새벽 2시 30분 정도였다. 당장 에린과 내가 할 수 있는 것은 아무것도 없었다. 돌보는 사람이 죽은 후 어떻게 해야 하는지에 대해서, 그 전날 간단히 교육을 받기는 했다. 나는 의사에게 전화를 걸어 사망진단서를 발급하러 와줄 것을 요청했다. 그리고 장례사에게도 전화를 걸었다.

해가 뜰 때쯤, 에린과 나는 부엌에 있었고, 루스의 시신은 집을 떠났다. 그때까지 우리는 루스가 잘 있는지 보러 몇 번이나 방에 돌아갔다. 영혼이 떠나기는 했지만, 마지막까지 루스를 보살피는 것이 우리 임무였다. 나는 그녀가 혼자 방에 있는 게 싫었다. 루스가 죽은 후 낯설고 어두운 시간은 내겐 아주 특별하게 느껴졌다. 그녀의 죽음과 함께 찾아온 공허함이 집안 곳곳에 뚜렷하게 스며들고 있었다.

다음 날, 히더는 내게 그곳에 그대로 머물며 집을 돌봐달라고 제안했다. 그 집이 다른 사람에게 팔리기까지 몇 달 동안 비워두고 싶지 않다고 했다. 누군가 살면서 집을 돌봐줄 사람이 필요했다. 결국 나는 루스가 죽은 후에도 한동안 그 집에 머물렀다. 육체적으로 나를 쉬게 할 수 있는 축복의 시간을 맛보게 되었다. 이미 내가 알던 친숙한 곳에서 쉴 수 있는 것이 무엇보다 좋았다.

루스를 돌보면서 24시간 내내 입주 간병인으로 일하는 게 얼마나 힘든지를 알게 되었다. 온종일 거의 아무것도 할 수 없기 때문에, 적어도 밤에는 집에 가서 쉬면서 환자와 떨어져 있는 시간이 필요했다. 간병은 단순한 동료애 이상을 요구하는 일이다.

그 후 몇 달 동안 나는 히더가 죽은 엄마의 소유물들을 옮겨가는 것을 바라보며 도왔다. 루스가 남긴 물질적인 세계들이 한 번에 하나씩 해체되고 있었다. 누구나 죽은 뒤에는 그렇게 떠나간다. 나는 오랫동안 방랑 생활을 해왔기 때문에, 무언가를 너무 많이 가지는 것을 싫어했다. 그래서 히더가 친절한 마음으로 주고 싶어 하는 많은 것들을 거절했다. 모두 한때 내 친구 루스에게 더없이 소중한 것이었지만, 결국 물건은 그냥 물건일 뿐이었다. 내게 영원히 남게 될 것은 그런 물건이 아니라 그녀와 함께한 추억이었다.

그렇긴 해도, 루스가 남긴 한 쌍의 오래된 램프는 지금도 내가 애지중지하는 보물이 되었다. 나중에 루스의 집은 철거되었고, 새 주인이 들어와 그 자리에 현대식 콘크리트 건물을 지었다. 수십 년 동안 여름이면 집 전체에 꽃향기를 뿜어대던 늙은 프랜지패니 나무도 순식간에 잘렸고, 그 자리엔 작은 실내 수영장이 생겼다. 새 집이 완공되고 난 뒤에, 나는 집들이 파티에 초대받았다.

새 집주인은 정원의 나무들 사이에 쳐진 거미줄을 싫어했다. 하지만 루스와 나는 둘 다 유리창이 넓은 방에 앉아 거미줄 치는 걸 바라보며 좋아했다. 거미가 나무 아래에 둥근 그물을 넓게 짜는 것을 신기하게 지켜보면서, 그 느낌을 서로 나누었다. 거미줄은 아름다울 뿐만 아니라 튼튼했다. 나무 아래를 걸을 때면 손으로 들어올려야 할 정도였다.

새로 생긴 작은 실내 수영장 옆에서 집안을 둘러보니 모든 것이 바뀌어 있었다. 옛 정원에는 사랑을 받으며 자란 오래된 나무들이 무성했지만, 지금은 멋지고 세련된 다른 식물들이 심어져 있었다. 하지만 그 식물들 사이에서 높은 곳을 올려다보니, 거미가 여전히 둥근 그물 모양으로 줄을 치고 있었다. 루스와 나를 즐겁게 해주던 거미줄이었다.

난 마음으로 죽은 루스에게 사랑을 보냈다. 그러자 루스가 그런 내 마음을 알고 그곳에 찾아와 함께 있는 것이 느껴졌다. 나는 새로운 집주인에게 초대해줘서 고맙다고 인사를 했다. 그리고 잠깐 이야기를 나눈 뒤에 항구까지 걸어 내려갔다. 루스가 얼마 살지 못할 것이란 이야기를 듣고 눈물을 흘리며 앉았던 곳에 다시 섰다. 루스와 함께 나누었던 시간과 그 시간을 통해 배운 모든 것에 감사하는 마음이 생겼다.

나는 루스의 집에서 너무도 많은 선물을 받았다. 절로 미소가 번졌다. 또 그날의 행복이 내 앞에 펼쳐진 것에 대해서도 감사했다. 눈을 들어 거미줄을 바라보았다. 그곳에서 루스가 나를 향해 미소 짓고 있었다.

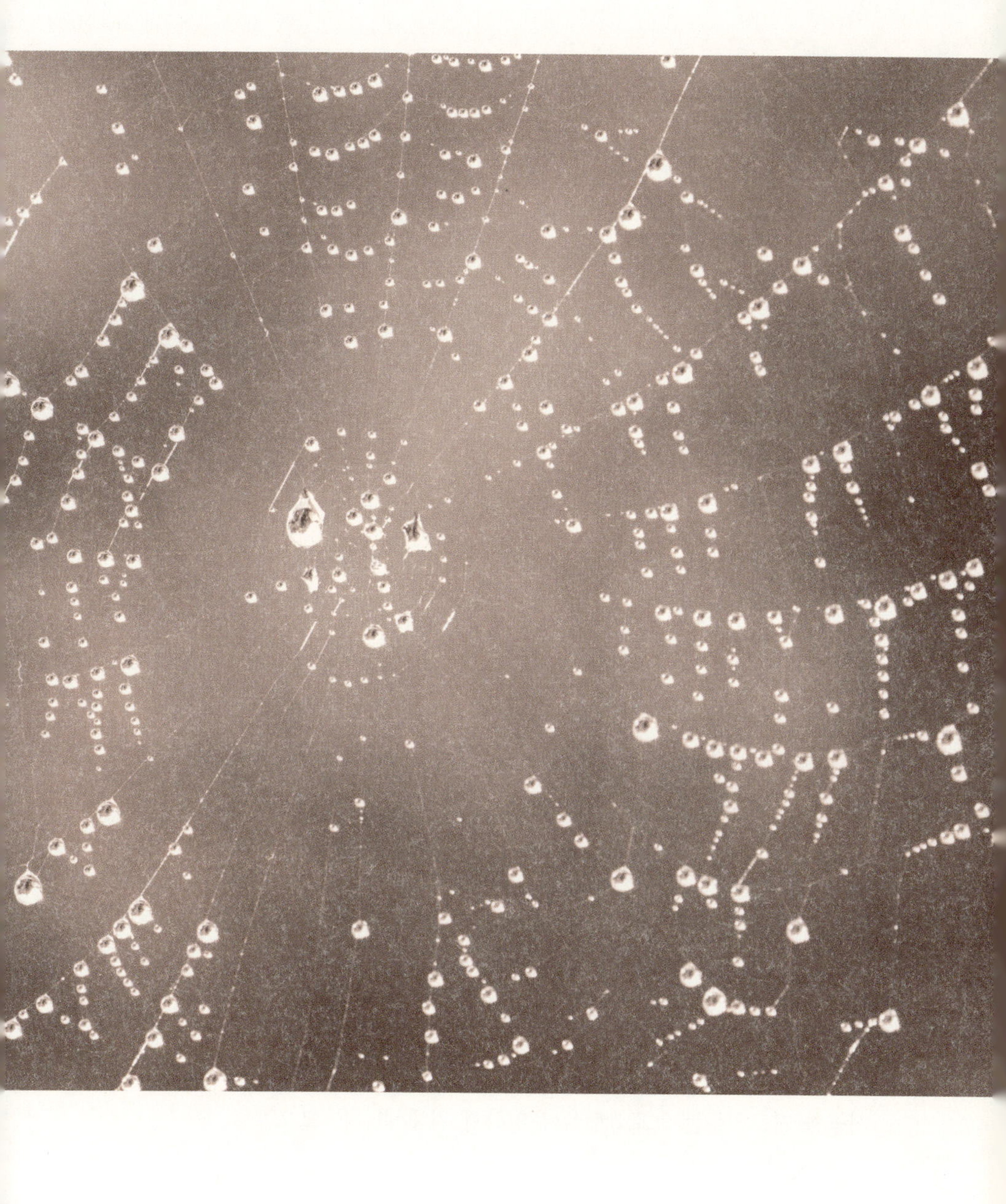

에필로그

포근한 여름밤, 한 시골 마을이었다. 우리는 서로 보조를 맞춰 걸으며, 두런두런 긴 이야기를 풀어놓았다. 일과를 마칠 무렵이면 흔히 나누는 유쾌한 대화였다. 나중에야 알게 되었지만, 이날의 대화는 좀 특별했다. 우리 중 한 사람이 인생의 전환점을 맞이했기 때문이었다. 그 사람은 바로 나였다.

섹은 호주에서 발행되는 권위 있는 포크 뮤직 잡지 〈트래드 앤 나우Trad and Now〉의 편집자였다. 호주 사람들은 쾌활한 미소를 지으며 포크 뮤직의 지지자가 되어주는 그를 사랑했다. 섹은 호주 대중 음악계에서 꽤나 유명한 사람이었다. 우리는 얼마나 음악을 사랑하는지에 대해 얘기하느라 시간 가는 줄도 몰랐다(당시 포크 뮤직 페스티벌에 참석한 길이었으니 당연했다). 대화의 초점이 어느새 그즈음 내가 한창 매달리던 일로 흘러갔다. 나는 교도소에 있는 여성 수감자들에게 기타와 작사, 작곡을 가르쳐주는 프로그램을 운영하기 위해 기금을 모으고 있었다.

"그 프로그램을 시작하게 되면 알려줘요. 기사로 다뤄보고 싶어요."

이 말과 함께 섹은 잘될 것이라는 격려도 잊지 않았다.

그 후 난 정말 교도소 프로그램을 운영하게 되었다. 그리고 그와 관련된 글을 섹이 편집하는 잡지에 싣기로 했다. 잡지사에 보낼 기고문을 마칠 때쯤, 문득 이런 생각이 들었다. '글을 더 써보는 건 어떨까? 하루하루 일상에서 느낀 것들을 써보고 싶어.' 그리고 보니 난 늘 글을 쓰고 있었다. 주근깨투성이 소녀 시절엔 전 세계의 펜팔 친구들에게 편지를 썼다. 대부분 손으로 쓴 글을 우체통에 넣어 편지를 보내던 시절이었다.

자란 뒤에도 글쓰기는 멈추지 않았다. 친구들에게 여전히 손으로 편지를 썼고, 몇 년 동안 잡지에 기고하기도 했다. 오랜 방황 끝에 드디어 나는 싱어송라이터가 되었다. 덕분에 지금은 펜뿐만 아니라 기타까지 손에 들고서 여전히 글을 쓰고 있다.

교도소에 대한 이야기를 쓸 땐 유달리 즐거웠다. 식탁에 앉아 오래된 펜으로 종이 위에 사각사각 글을 쓰자니, 창작에 대한 열정이 타올랐다. 섹에게 감사의 말을 쓰며 원고를 마무리했다. 하지만 내 안엔 아직도 다 쏟아내지 못한 글들이 꺼내달라고 아우성이었다. 도저히 그냥 있을 수 없었다. 아무래도 글을 더 써야 할 것만 같았고, 그 글들을 올리기 위한 블로그를 만들었다. 그리고 이후 내 인생을 최선의 길로 이끌고 갈 사건들이 일어나기 시작했다.

'영감과 한 잔의 차(inspiration and chai)'란 블로그는 호주 블루마운틴의 작고 아늑한 오두막에서 시작되었다. 내가 차 한 잔을 마시면서 처음으로 블로그에 올린 글은 죽어가는 사람들의 후회에 대한 이야기였다. 나는 교도소 프로그램을 진행하기 전까지 죽어가는 사람들을 돌보는 호스피스 간병인으로 일했다. 그때 만난 환자들이 준 감동은 지금도 내 가슴 속에 생생하게 살아 있다.

블로그에 글을 올리고 몇 달이 지나면서 블로그의 방문객 수가 나날이 불어났다. 인터넷의 힘 덕분에 탄력을 받았는지, 불어나는 속도가 아주 빨랐다. 어떤 사람들은 블로그에 올린 글뿐만 아니라, 예전에 다른 곳에 실었던 글까지 찾아 읽고, 이메일을 보내오기도 했다.

거의 일 년 후, 나는 농장 가까이에 있는 다른 오두막으로 이
사를 갔다. 어느 날 아침 글을 쓰려고 툇마루에 있는 테이블에
앉았다. 그리고 늘 하던 대로 블로그의 방문객 수를 확인해보
았다. 놀란 나머지 나도 모르게 당황한 표정을 지었다. 다음 날
다시 한 번 방문객 수를 조회했다. 세상에, 내 블로그에 뭔가
대단한 일이 벌어지고 있었다. '죽을 때 후회하는 다섯 가지'라
는 제목으로 올린 글에 날개라도 달린 것 같았다. 그 글이 인터
넷 상에서 무서운 속도로 퍼져나가고 있었다.

전 세계에서 이메일이 쏟아져 들어왔다. 자기 글에 인용하고
싶다는 작가도 있었고, 자기 나라 말로 번역하겠다는 사람들도
많았다. 스웨덴의 기차 안에서, 미국의 버스 정거장에서, 인도
의 사무실에서, 아일랜드의 아침 식탁에서, 그리고 다른 여러
곳에서 각기 다른 사람들이 내 글을 읽고 있었다. 모두가 내 글
에 공감하지는 않았다. 하지만 전 세계 많은 사람들이 읽을 정
도로 화젯거리가 된 것만은 틀림없었다.

극소수지만, 내 글에 동의하지 않고 악성 댓글을 다는 몇 사
람도 있었다. 그들에게 굳이 대답을 해야 한다면 이렇게 말하
겠다. "엉뚱한 사람에게 화풀이하지 마세요." 난 죽어가는 사람
들이 내게 주었던 교훈을 독자들에게 전해주고 싶을 뿐이다.

하지만 다행히도 내 글에 대한 피드백의 95퍼센트는 아름다운 감동이 실린 내용이었다. 문화적인 차이에도 불구하고 사람들이 느끼는 감정은 비슷하다는 생각이 들었다.

당시 나는 집 앞으로 개울이 흐르고 새들이 지저귀는 오두막에서 살았다. 개울을 찾는 야생동물들을 보는 것이 내 일상에서 빼놓을 수 없는 즐거움이었다. 매일 툇마루에 앉아 내게 찾아온 기회가 넓게 펼쳐지고 있는 것을 느끼며 글을 썼다. 그 후 몇 달이 채 지나기도 전에 '죽을 때 후회하는 다섯 가지'의 조회 수가 100만을 넘었다. 일 년이 지날 때쯤 조회 수는 300만에 이르렀다.

내 글의 주제가 사람들 사이에서 아주 보편적인 관심거리라는 의미였다. 같은 주제에 대해 더 많은 글을 써달라고 요구하는 사람들이 점점 늘어났다. 결국 나는 그 일에 한 번 도전해보기로 했다. 다른 많은 사람들처럼 나도 언젠가는 책 한 권을 써보는 게 소원이었다. 나중에 알게 된 사실이지만, 내가 돌보았던 환자들이 남긴 교훈을 그들과의 이야기를 책으로 쓰면서야 비로소 완전히 이해할 수 있게 되었다. 결국 내가 책을 썼다기보다 그들이 남긴 이야기들이 내 손끝을 통해 쏟아져 나와 한 권의 책이 되었다.

이제껏 내 삶에서 전통적인 방식을 따랐던 적이 거의 없었다. 내 마음이 이끄는 대로 살아왔다. 그리고 내 마음으로부터 독자들에게 진정 들려주고 싶은 이야기가 있기에 이 책을 썼다.

이 책에 나오는 사람들의 이름은 대부분 가명으로 했다. 그들의 사생활을 보호하고 싶었기 때문이다. 하지만 나의 첫 요가 선생님, 태교 센터에서 함께 일했던 상사, 이동주택 주차장 주인, 교도소 프로그램의 멘토, 여러 명의 작곡가들은 모두 실명을 밝혔다.

그동안 내 글쓰기와 작곡에 도움을 주었던 분들, 집 돌보는 일을 맡겨 일자리와 안락한 처소를 동시에 주었던 고객들, 삶의 여정 내내 인생을 풍요롭게 해주고 있는 친구들 모두에게 이 자리를 빌어 감사드리고 싶다.

내 어머니 조이에게 감사드린다. 이름처럼 늘 기쁨을 주는 분이다. 어머니가 자연스럽게 보여준 사랑 안에는 성스러운 교훈들이 가득하다. 아름다운 분이다. 내게는 끝없이 고마운 분이다.

내게 지혜를 주고 떠난 분들께도 감사드린다. 그들이 들려준 이야기 덕분에 이 책을 쓸 수 있었고, 내 삶 자체도 큰 영향을 받았다. 이 책을 그들에게 바친다. 그리고 남아 있는 가족들에게도 감사드린다. 잊지 못할 정도로 따스한 시간을 함께했던 가족들이었다. 모두 감사드린다.

마지막으로, 이 책을 쓰는 동안 집 앞의 개울가에서 노래해준 까치에게도 인사를 하고 싶다. 글을 쓸 때 까치들의 노래 소리는 정말 큰 기쁨이 되어주었다. 그리고 그런 까치를 내게 보내주신 하나님께 감사드린다. 하나님은 그동안 내 삶의 모든 여정을 지켜주셨고, 마침내 아름다운 길들로 인도해주셨다.

살다보면 나중에서야 인생의 방향을 바꾸는 중요한 순간을 깨닫는다. 이 책에 쓴 사건들도 그렇게 내 인생을 바꾸어놓았다. 가장 결정적인 순간에 내 안에 잠자고 있던 작가를 깨워낸 사람은 섹이다. 그에게 정말 감사드린다. 그리고 선량한 마음으로 이 책을 읽어주시는 독자 여러분에게도 감사드린다.

사랑을 담아 브로니가
화요일 오후 해질 무렵 툇마루에서

내가 원하는 삶을 살았더라면

초판 1쇄 발행 | 2013년 1월 7일
초판 11쇄 발행 | 2024년 1월 22일

지은이 | 브로니 웨어
옮긴이 | 유윤한

발행인 | 고석현

주소 | 경기도 파주시 심학산로 12, 4층
전화 | 031-839-6800
팩스 | 031-839-6828

발행처 | (주)한올엠앤씨
등록 | 2011년 5월 14일
이메일 | booksonwed@gmail.com